우리는
고양이와 함께
글을 씁니다

우리는
고양이와 함께
글을 씁니다

헤밍웨이에서 하루키까지,
작가는 왜 고양이를 사랑하는가

앨리슨 나스타시 지음
오윤성 옮김

오픈하우스

링크스와 루나에게
너희가 준 모든 사랑과 웃음과 빛에 감사하며
– 앨리슨

들어가며

"고양이처럼 신비로운 글을 쓸 수 있다면 얼마나 좋을까."

고딕 소설의 대가 에드거 앨런 포는 이렇게 탄식했다. 그가 책상에서 글을 쓸 때면 삼색 얼룩고양이 카타리나가 어깨에 자리를 잡고 앉아 영감을 주었다고 한다. 고양이의 묘한 수수께끼에 매료된 작가는 포 외에도 셀 수 없이 많다.

물론 고대에 고양이를 숭배하고 고양이 사원을 지어 아름답게 장식했던 이집트 사람들에 비하면 우리의 열정은 그리 대단하다고 할 수 없지만, 이 멋진 동물은 지금도 우리의 마음을 사로잡고 상상력을 지배한다.

고양이들의 막강한 매혹은, 특히 예술 하는 사람들이 강하게 느끼는 듯하다. 그중에서도 글을 쓰는 이들은 고독과 명상이 본업이나 다름없다는 점에서 고양이와 비슷하다. 고양이가 제멋대로인 성격과 요염한 기질을 버리고 난데없이 충성스럽고도 소란스러운 강아지처럼 구는 것은 있을 수 없는 일! 의뭉스럽기 그지없는 고양이들과 함께하기로는 책과 글에 파묻혀 살아가는 작가만큼 잘 어울리는 친구가 없다. 고양이가 좋아하는 일은 원고 더미 위를 어슬렁거리기, 노트북 위에서 '식빵 굽기', 서재의 사서 노릇 하기 정도이고 그 이상은 귀찮아하며 싫어하기 때문이다. 또한 고양이는 자기와 똑같이, 말로 표현할 수 없는 삶의 미묘한 뉘앙스에 촉각을 곤두세우는 작가들에게 동질감을 느낀다. 프랑스의 수의사 페르낭 메리Fernand Méry는 1966년 『고양이의 삶과 역사와 마법 Le chat: sa vie, son histoire, sa magie』이라는 책에 이렇게 썼다.

고양이와 지식인은 천생연분이다. 둘 다 조용히 꿈과 영감을 지켜보고 꾸준한 탐구를 이어나가는 존재이기에.

작가는 우리의 영원한 관찰자이다. 작가는 인간을 바라보고 들여다본다. 인간에 대해 숙고하고 열심히 기록하는 사람, 그러한 욕망을 억누르지 못하는 사람이 작가다. 작가라고 하면 사람들은 주로 태평하고 자유로운 보헤미안을 떠올리지만, 한편으로는 시무룩한 은둔자의 이미지도 강하다. 작가는 기질적으로 우울한 사람이라는 고정관념에는 과학적인 근거가 있는 것도 같다. 가령 『불에 홀린 사람들: 조울증과 예술가 기질 Touched with Fire: Manic-Depressive Illness and the Artistic Temperament』의 지은이이며 미국 존스 홉킨스 대학교 정신의학과 교수인 케이 레드필드 재미슨은 기분 장애와 예술가 기질의 상관관계를 폭넓게 연구해왔다.

그에 따르면, 양극성 기분 장애나 우울증을 앓을 확률이 작가의 경우 일반인보다 10~20배 높다. 1994년 《뉴욕 타임스》 기고에서 재미슨은 이렇게 말했다.

조울증의 인지적 특성은 창조적인 기질과 겹치는 부분이 많다. 우리 생각에, 글 쓰는 사람들은 대담하기도 하고 섬세하기도 하며 심히 불안해하고 만족하지도 못하는 편이다. 조울증 환자의 특징도 그와 똑같다.

영국 시인 조지 고든 바이런은 이렇게 표현했다.

글 쓰는 사람치고 미치지 않은 사람은 없다. 누구는 쾌활함이 병이고 누구는 우울함이 병이지만, 어쨌든 모두가 미쳐 있다.

잘 알려져 있듯이 고양이를 키우는 사람은 스트레스, 불안, 심장병 위험이 덜하다. 그렇다면 저 옛날부터 유독 고양이를 사랑한 작가들은 대중에게 멋진 이야기를 들려주어야 한다는 부담감을 복슬복슬한 녀석들을 통해 완화하라는 강력한 생물학적 요청에 반응한 것뿐인지도 모른다.

2008년, 미네소타 대학교 연구팀은 30~75세의 성인 4000여 명(절반은 과거에 고양이를 키웠거나 현재 키우고 있고, 절반은 그런 경험이 없었다)을 대상으로 한 연구에서 고양이를 키우면 뇌졸중과 심장병에 걸릴 위험이 3분의 1 이상 줄어든다는 사실을 알아냈다.

연구를 이끈 신경학자 애드넌 큐레시Adnan Qureshi 박사는 《텔레그래프》에 이렇게 말했다.

이 결과는 고양이가 곁에 있으면 스트레스와 불안이 완화되고 그에 따라 심장병 위험이 줄어든다고 해석할 수 있다.

또한 큐레시 박사는 고양이나 다른 반려동물을 쓰다듬는 행위가 혈중 스트레스 관련 호르몬을 줄여주고 이에 따라 혈압과 심장 박동수도 줄어들 수 있다고 말했다.

이처럼 고양이는 우리의 신체 건강에 도움을 준다. 하지만 이것이 전부는 아니다. 고양이는 우정을 나누고 서로를 버팀목으로 삼는 관계까지 제공할 수 있다. 디지털 시대에 사는 우리는 끊임없이 SNS에 연결된다. 이 때문에 많은 작가가 작업에 몰입하여 깊디깊은 환상과 인간 감정의 세계에 침잠하기 위해서 스스로 격리한다.

그런 삶은 고독하지 않느냐고? 그렇지 않다. 외부 연결을 끊은 채 글쓰기에 매달린다고 해서 꼭 혼자 외롭게 있는 것은 아니다. 고양이가 있지 않은가. 사람과 조용히 공존할 줄 아는 고양이는 펜 한 자루, 또는 컴퓨터 한 대로 이어가는 그 길고 힘겨운 시간에 완벽한 동료다. 또 고양이가 낮게 그르렁거리는 소리는 작가가 현실에서 너무 오래, 너무 멀리 벗어나지 않게 해준다.

2016년에는 페이스북 연구팀이 사교·고양이·작가 기질, 이 세 요소의 유기적 관계를 조사했다. 그 결과, 고양이를 사랑하는 사람은 책을 좋아한다는 통념이 다시 한번 사실로 확인되었다. 연구팀은 소셜 미디어에 자기가 키우는 동물의 사진을 올리는 미국인 약 16만 명을 표본으로 삼아, 고양이파 중에는 "책을 좋아하는 사람이 과도하게 많음"을 밝혀냈다. 나아가 고양이파는 "페이스북에 표현하는 감정의 범위가 더 넓고", 특히 행복과 사랑 같은 긍정적인 감정을 더 잘 드러내는 것으로 나타났다. 작가를 비롯한 고양이 애호가들은 불행한 외톨이라는 편견이 힘을 잃는 대목이다. 소셜 미디어에 매달려 사는 사람은 어쩌면 그저 글 쓰는 재능이 풍부한, 미래의 작가인지도 모른다.

물론 이 연구 결과에서 드러난 '감정'이 전부 밝기만 한 것은 아니다. 독서광이나 고양이와 흔히 결부되는 부정적인 의미들도 얼마간 들어 있다. 차갑다, 이기적이다, 변덕스럽다 등은 세상에서 가장 이름 높은 여러 작가의 특징이자 여러분이 아는 많은 고양이의 공통점이 아닌가? 그러나 불완전함이 인간을 인간답게 만든다는 말이 사실이라면, 작가들은 바로 그런 점에서 평범한 사람보다 한발 앞서 있는지도 모른다.

루시 모드 몽고메리가 쓴 『빨강 머리 앤』 연작의 세 번째 작품 『레드먼드의 앤』(1915)에서 도로시 가드너는 이렇게 말한다.

나는 고양이가 좋아. 얼마나 근사하고 이기적인지. 개는 너무 착하고 이기적이지가 못해. 그런 성격은 난 별로야. 고양이는 사람과 비슷하다는 점이 참으로 놀라워.

작가 몽고메리가 고양이 애호가였다는 사실에 놀랄 독

자는 거의 없을 것이다.

동물학자 데즈먼드 모리스는 『털 없는 원숭이』(1967)에서 고양이와 사람, 특히 고양이와 글 쓰는 사람의 '공생' 관계는 "우리가 속한 종의 특성을 강력하게 연상시키는 열쇠 자극①"에서 비롯된다고 썼다. 그에 따르면, 인간은 좋아하는 동물을 자신의 '캐리커처'로 바라보는 경향이 있다. 가령 작가라면 본인이 가장 매력적으로 생각하는 특징, 즉 신비로움, 영리함, 겁 없음, 예측 불가능함, 관능 같은 것을 고양이에게서 발견한다.

이처럼 작가와 고양이가 서로에게 끌리는 이유는 누구나 본능적으로 자신과 궁합이 잘 맞는 상대를 찾기 때문이다. 나아가 작가와 고양이가 잠재의식 차원에서도 강력한 유대를 맺는 이유, 수많은 문학작품에서 고양이가 중요한 상징으로 등장하는 이유도 여기에 있다.

고대 문화에서는 고양이가 숭배 대상이었고 신화 속 신들의 토템이었다. 시간이 훌쩍 지난 지금도 고양이는 비밀을 아는 동물, 수호신, 심리적 상징물, 다른 세계의 의식을 비추는 거울로 여겨지며 특히 문학에서 그런 역할을 맡는다. 에드거 앨런 포의 단편 「검은 고양이」(1843)에서 난폭한 주정뱅이인 화자는 도플갱어 고양이에게 홀린다. 이 미스터리한 존재는 죄를 지은 주인공에게 복수하러 나타나서 끈질기게 죄책

---

① … 인간을 동물 종의 하나로 다룬 『털 없는 원숭이』는 출간 즉시 대중과 언론을 사로잡았으나 동시에 종교적·성적 금기를 깨뜨렸다는 이유로 비난을 감수해야 했다. 그러나 지금은 인간의 기원, 섹스, 자녀 양육, 탐험, 싸움, 먹기, 몸 손질, 다른 동물과의 관계 등 진화론의 관점에서 인간의 삶과 행동 양식을 성찰한 고전으로 평가받는다.

감을 안긴다.

어니스트 헤밍웨이의 단편 「빗속의 고양이」(1925)에서는 "가엾은 새끼 고양이"가 '아내'의 외로움과 여린 마음을 표현하는 매개자로 나오며, 어떤 평론가에 따르면 아이를 가지고 싶어 하는 인물의 욕망을 상징한다. 무라카미 하루키의 작품에 등장하는 진짜 고양이들과 환상 속 고양이들은 하나같이 우주와 신비롭게 연결되어 있는 동시에 등장인물의 잠재의식적 갈망을 생생히 드러낸다.

프랑스의 상징주의 시인 샤를 보들레르는 유명한 시집 『악의 꽃』에서 고양이들이 잠든 모습을 보면서 "끝없는 꿈을 꾸는 것 같다"고 말하며 인간의 세속적인 차원을 초월하는 고양이의 비범한 능력을 노래했다. 고양이가 꿈의 세계나 신의 영역에 가까운 동물이라는 관념은 그{로부터 유래하는} 불가사의한 지혜와 초자연적인 매력을 조금이라도 흡수하길 바라는 작가들의 상상에 불과할지도 모른다.

그러나 실제로 많은 작가가 마치 거울을 보듯이 고양이를 통해 자신의 내면을, 그 참된 정수를 발견한다. 소설 『무서운 아이들』을 쓴 프랑스의 작가 겸 영화감독 장 콕토는 이를 다음과 같이 시적으로 표현했다.

나는 집을 사랑하고, 그래서 고양이를 사랑한다. 고양이는 차츰차츰 눈에 보이는 내 집의 영혼이 되어가므로.

앨리스 워커
Alice Walker

소설 『컬러 퍼플』로 퓰리처상을 수상한 작가이자 사회 운동가인 워커는 2007년 불교 잡지 《사자의 포효^{Lion's Roar}》와 의 인터뷰에서 그동안 함께 살고 사랑했던 고양이들에 대해 이야기했다.

지금 고양이는 무척 험한 삶을 살다가 우리 집에 들어왔어요. 이빨이 하나는 부러지고 또 하나는 반만 남아서 뾰족해요. 뻐드렁니 고양이죠. 모르는 사람이 보면 '이런, 이빨이 부실하구먼' 하고 놀랄지도 모르겠어요. 하지만 내 눈엔 바로 그런 불완전한 면이 절대적으로 완벽해 보여요. 그보다 더 매력적일 수가 있을까요? 부러진 이빨은 이 고양이가 어떤 삶을 살아왔는지를, 내면에 어떤 영혼이 깃들어 있는지를 생생하게 보여주니까요.

워커는 인종차별과 가부장제를 주제로 소설을 써왔다. 사회운동가로서 쓴 에세이 『사랑의 힘』에서는 직업상 자주 멀리 여행해야 해서 고양이들과 함께 사는 일이 늘 순탄치만은 않다고 고백한다. 전에 함께 살던 고양이는 뉴욕시의 월

리스 애비뉴 다리에서 구조되었다고 해서 이름이 윌리스였다. 이혼을 겪은 뒤 워커의 삶에 특별한 고양이가 찾아왔다.

나는 이 수고양이에게 '터스컬루사Tuscaloosa'라는 이름을 붙여줬어요. 촉토 인디언 말로 '검은 전사'라는 뜻이에요. 이름에서 알 수 있듯이 나는 극도로 불안한 상태였고, 갑자기 이 대도시에 홀로 남겨진 기분이었어요. 나를 지켜줄 무언가가 절실했죠. (……) 우리는 브루클린의 파크 슬로프에 있는 방 세 개짜리 작은 복층 아파트에 살았어요. 거리가 내려다보이는 책상에 앉아 글을 쓰고 있노라면 터스컬루사가 내 발치에 와 앉아요. 책상보다는 침대 위에 앉아서 글을 쓰는 일이 더 많았는데, 그럴 때면 터스컬루사가 내 무릎 옆에서 온기에 싸여 조용히 낮잠을 잤어요.

　　또 다른 고양이 프리다는 동물보호소에서 만났다.

　　프리다는 털이 긴 삼색 고양이고 그때 나이가 두 살이었어요. 커다란 노란색 눈동자에, 한쪽 다리가 오렌지색이었죠. 나는 화가 프리다 칼로를 떠올리며 프리다라는 이름을 골랐어요. 언젠가 이 고양이가 칼로처럼 강해지기를 기도했죠. 비록 새끼 고양이 시절은 불행했더라도 앞으로는 칼로처럼 용기 있고 열정적이고 평화로운 고양이로 성장하기를 바라면서요. (……) 잠자리에 들 시간이 되면 나는 프리다를 안아 들고 품에 꼭 껴안으며 이렇게 속삭여요. 이 귀여운 녀석, 이렇게 아름답고 이렇게 경이로운 고양이야, 너와 함께 살아가는 내가 얼마나 운 좋은 사람인지. 널 영원히 사랑할게.

우리는 고양이와 함께 글을 씁니다　　　　　　　　　　앨리스 워커

앨런 긴즈버그

Allen Ginsberg

1954년, 비트 제너레이션②의 기수 긴즈버그는 소설 『길 위에서』의 작가이자 친구인 잭 케루악Jack Kerouac에게 편지를 쓰다가 문득 이렇게 적는다.

참고로 이 편지를 쓰는 지금 내 어깨에 고양이가 앉아 있어.

당시 긴즈버그는 샌프란시스코 노브힐의 아파트에 살고 있었다. 바로 이 집에서 페이요트 선인장으로 만든 환각제의 도움으로 구약 시대의 신 몰록Moloch의 환영을 보았다. 아파트에서 보이는 프랜시스 드레이크 호텔을 스크린 삼아 신은 등장했다. 긴즈버그가 이 환각 경험을 바탕으로 쓴 시 「외침 Howl」(1956)은 이후 외설죄 논란까지 일으키며 세상의 이목을 끌었고, 결과적으로 비트 운동의 신호탄을 쏘았다.

② … 1950년대 경제적 풍요를 누리던 미국에서 개인이 획일화, 동질화되어 거대한 사회 조직의 부속품으로 전락하는 풍조에 대항하여, 민속음악을 즐기며 산업화 이전의 전원생활, 인간 정신에 대한 신뢰, 낙천주의를 중시한 세대를 말한다.

긴즈버그는 반전운동가이고 불교 신자이고 평화의 시
인이었다. 당연히 고양이들은 그를 좋아했고 곁을 떠나지 않
았다.

우리는 고양이와 함께 글을 씁니다　　　　　　　　앨런 긴즈버그

안젤라 카터
Angela Carter

어둡고 묵직한 페미니즘 소설로 잘 알려진 카터는 사람들에게 늘 이렇게 말했다.

난 겨우 여섯 살 때 첫 소설을 썼지요.

첫 소설 『고양이 시장에 간 빌과 톰Bill and Tom Go to Pussy Market』③은 "사회적 리얼리즘으로 충만한 작품으로 고양이들이 매일 어떤 일을 하며 살아가는지를 다루었"다.

어렸을 적 카터는 찰리를 사랑했다. 모친의 신발을 화장실로 즐겨 사용하던 장난꾸러기 고양이였다. 첫 남편 폴 카터와는 "귀가 라벤더 색"이고 "눈동자는 고사리 색"이며 몸은 하얀색인 고양이를 키웠다.

1969년에 소설 『여러 가지 인식Several Perceptions』으로 서머싯 몸상을 받은 카터는 이때 받은 상금으로 일본 여행을 떠났다. 폴과의 결혼생활은 정리한 터였다.

③ … 정식으로 출간되지는 않았다.

우리는 고양이와 함께 글을 씁니다   안젤라 카터

도쿄에서 보낸 2년의 안식기에도 삼색 고양이 한 마리가 작가의 외로움을 달래주었다. 런던으로 돌아온 뒤에는 애덜레이드와 처벨리라는 새를 키웠다. 그는 새들이 거실을 마음껏 날아다니게 놓아주었다. 그럴 때면 정원에 사는 고양이 카커와 폰스가 애타는 눈길로 새들을 지켜보았다. 1974년에 카터는 이렇게 썼다.

내가 고양이들과 유난히 사이가 좋은 이유는 마녀의 후예이기 때문이다. 우리 종족은 마음이 안정되면 곧 집에 고양이를 몇 마리 들여놓는다.

카터는 짧은 생애에 마술적 리얼리즘 기법의 소설을 여러 편 발표했는데 고양이가 전면에 등장할 때가 많다. 세간에 잘 알려진 동화들을 전복적으로 개작한 『피로 물든 방The Bloody Chamber』에는 장화 신은 '음란한' 고양이가 나온다. 어린이책 『웃기고 별난 고양이들Comic and Curious Cats』과 『바다고양이와 용왕Sea-Cat and Dragon King』에서는 고양이가 주인공이다. 미술에도 소질이 있었던 카터는 연필과 크레용으로 그린 고양이 엽서를 친구들에게 선물했다.

앤 M. 마틴

Ann M. Martin

1990년대 미국 청소년들은 마틴의 인기 청소년 소설 『베이비시터 클럽The Baby-Sitters Club』(1986~2000 출간)과 동명의 텔레비전 드라마 시리즈와 함께 성장했다고 해도 과언이 아니다.

마틴은 주변의 실존 인물 및 유년기 경험을 토대로 10대 주인공들의 세계를 창조했다. 작가의 우주에서 살아가는 허구의 고양이들은 『맬러리와 유령 고양이Mallory and the Ghost Cat』를 비롯한 여러 작품에 얼굴을 비친다.

베이비시터 클럽의 창시자 크리스티에게도 부부Boo-Boo라는 반려 고양이가 있다. 현재 마틴은 뉴욕주 허드슨 밸리에서 고양이 거시, 피핀, 사이먼과 함께 살며 글을 쓴다. 여가 시간에는 주로 미국동물보호협회ASPCA에서 어린 고양이들을 돌본다.

2016년 웹사이트 「벌처Vulture」(독수리)와의 인터뷰에서 마틴은 이렇게 말했다.

거기 있는 어린 고양이들을 돌보는 것이 저의 베이비시팅이죠.

아누자 차우한
Anuja Chauhan

인도 최고의 장르 소설가 차우한은 원래 광고업계에서 펩시, 마운틴듀, 노키아 등과 일하다가 2010년에 전업 작가로 변신했다. 차우한은 『조야 팩터The Zoya Factor』 등 주로 여성 주인공의 활약을 그리는 소설로 팬들의 마음을 사로잡아왔다.

《힌두The Hindu》 지에 따르면 차우한은 방갈로르◆ 외곽에 살면서 여러 마리의 동거 동물과 함께 하루를 시작한다.

내 집에는 개가 두 마리, 고양이 두 마리가 있어요. 또 기니피그와 두꺼비도 몇 마리 있고 툇마루의 전등갓 밑마다 새 둥지가 있습니다. 나는 정원을 여기저기 둘러보면서 이 야생 친구들이 잘 지내고 있는지 확인하지요.

차우한의 인스타그램(@anuja.chauhan)은 주로 개들 사진으로 채워져 있지만, 이따금 고양이들 근황도 올라온다.

◆ ⋯ 인도 남부 카르나타카의 주도.

베리트 엘링센⑤

Berit Ellingsen

엘링센은 푸시카트상^{Pushcart Prize}⑥과 영국 SF 상^{British} Science Fiction Award을 받은 한국계 노르웨이 작가다. 데뷔작 『아직은 어둡지 않다^{Not Dark Yet}』는 내성적이고 차분하면서도 엄격한 시선으로 인간을 들여다보는 소설이지만, 엘링센은 작품만큼 늘 진지한 사람은 아니다. 왜냐하면 성격이 밝은, 푸른색 버마고양이 도티가 늘 곁에 있기 때문이다. 엘링센은 나와의 인터뷰에서 이렇게 말했다.

도티는 집 안에서 나를 졸졸 따라다니고 내 무릎에서 몇 시간이나 잡니다. 내가 딴 데 관심이 쏠린 것 같으면 어서 안아달라고 조른답니다.

엘링센의 질문에 도티가 대답하는 모습을 보면 둘은 어쩐지 초자연적인 의미에서 서로 연결되어 있는 것 같다. 작가

⑤ ⋯ 작가 홈페이지 https://beritellingsen.com
⑥ ⋯ 미국의 푸시카트 출판사가 중소 출판사를 통해 발표된 문학작품 가운데 선정하는 상.

가 책상에서 글을 쓸 때면 꼭 책상에 놓인 고양이용 침대에서 잠을 잘 만큼 도티는 엘링센에게 깊은 애착을 가지고 있다.

자기가 잠에서 깨어났는데도 내가 꾸물대면서 당장 껴안아주지 않으면 와서 내 어깨를 두드린다니까요. 그래서 좀 오래된 티셔츠는 전부 어깨 부분에 도티가 낸 구멍이 있어요. 내가 안아주면 도티는 내 어깨에 올라앉고 싶어 해요. 하지만 그런 자세로 타자를 치기엔 너무 무겁거든요. 그래서 글을 쓸 때만은 침대에 있게 하지요.

도티는 인간에게는 친절하지만 다른 고양이에겐 차갑다. 심지어 같은 집도 아니고 옆집에 사는 고양이 두 마리에게 시비를 건 적도 있어서 '다스 도티(무서운 도티)'라는 별명으로 불린다.

하지만 평소의 도티로 말할 것 같으면 '품에 안기는 일을 세상에서 가장 좋아하는 고양이'입니다.

베벌리 클리어리

Beverly Cleary

　"고양이는 왜 이러는 걸까요?"라는 익숙한 문구 위나 아래에는 엉뚱한 곳에 들어가 앉은 고양이 사진이 있게 마련이다. 마치 "나는 여기 앉아 있을 거야. 왜냐하면, 나는 고양이니까"라고 말하는 것처럼.

고양이의 그런 행동은 '나에게 관심을 가져달라'는 뜻이라고 한다. 뉴베라상을 수상한 아동문학 작가 클리어리는 긴 세월 동안 여러 마리 고양이를 키웠는데, 그들도 자꾸 어디에 들어앉았다. 특히 한 녀석은 꼭 타자기 자판에 자리를 잡고서 관심을 달라고 요구했다.

많은 독자들이 좋아하는 그의 작품 『양말이Socks』는 네발이 양말처럼 하얀 태비 고양이가 주인공으로, 집안에 아기가 태어난 뒤 더 이상 사랑받지 못한다는 생각에 이런저런 소동을 벌이는 이야기이다. 클리어리는 주로 본인의 삶을 토대로 작품을 구상했다. 반려동물과의 이별 같은 진지한 주제도 다루어 『라모나 만세Ramona Forever』에서는 주인공 가족의 고양이 피키피키가 세상을 떠난다. 작가는 라모나 자매가 힘을 합쳐 고양이의 장례를 치르고 서로의 슬픈 마음을 보살피는 과정을 그렸다.

우리는 고양이와 함께 글을 씁니다   베벌리 클리어리

빙신

Bing Xin

　　70년 넘는 세월 동안 빙신冰心: '얼음의 마음'이라는 필명으로 글을 쓴 셰완잉謝婉瑩은 시, 소설, 에세이 등 다양한 장르에서 상상력 넘치는 작품을 발표하며 중국 현대문학의 가장 중요한 여성 작가로 자리매김했다.

　　빙신의 주요한 문학적 특징은 유년기, 자연, 사회에 관한 시적이고 서정적인 관찰에 있다. 작가의 사진을 보면 곁에 꼭 이 복슬복슬한 고양이가 있다. 이 반려동물은 작가가 사색적인 산문에 진실을 담아내는 동안 곁을 지키며 소중한 원고를 지켜준다.

우리는 고양이와 함께 글을 씁니다   빙신

카를로스 몬시바이스
Carlos Monsiváis

멕시코의 저널리스트이자 사회운동가인 카를로스 몬시바이스는 당대 문화 비평계와 지식인 사회를 이끌며 멕시코의 사회적·정치적 현안에 적극적으로 관심을 표명했다.

그는 멕시코시티의 아파트에서 자주 사진과 동영상을 촬영했는데, 그중 하나인 이 사진에서는 함께 살던 여러 고양이 중 한 마리가 물건이 어질러진 책상에 올라앉아 카메라를 향해 포즈를 취하고 있다.

개성파 작가라는 명성에 걸맞게 그는 고양이들에게도 범상치 않은 이름을 붙였다. 피오 노노알코(신성한 샘), 카르멜리타 로메로(순례하는 카르멜회 수녀), 에바시바(핑계), 나나 니나 리치(할머니 니나 리치), 초코롤, 포스트모데르나(포스트모던), 페티체 데 펠루체(벨벳 페티시), 프레이 가톨로메 데 라스 바르다스(바르다스의 가톨로메 수사), 몬하 데스마테카다(데스마테카다 수녀), 안시아 데 밀리탄시아(활동가 안시아), 마오 쩌둥, 미스 오기니아Miss oginia(미소지니아, 즉 '여성 혐오자'의 발음과 유사한 이름으로 작가가 안락사 직전에 데려온 고양이다), 미스 안트로피아Miss antropía(미산트로피아, 즉 '인간 혐오자'의 발음과 유사한 이름), 카소 오미소(태만), 술레마 마라이마, 보토 데 카스티

다드(순결 서원), 캣징거Catzinger, 펠리그로 파라 멕시코(멕시코를 노리는 위험), 코펠라스 오 마울라스(야옹야옹 용해기)······.

작가는 특히 미토 제니알Mito Genial(대단한 신화)이라는 고양이를 사랑했다. 이 이름은 1990년대에 인플레이션에 대해 이치에 안 맞은 소리를 한 경제부 장관을 놀리는 농담이라고 한다. 몬시바이스는 이 고양이와 특별한 유대를 맺었다.

미토 제니알은 2010년 작가가 세상을 떠나기 이틀 전에 먼저 세상을 떠났다. 몬시바이스는 2008년에 가토스 올비다도스Gatos Olvidados(잊혀진 고양이)라는 유기묘 구호 재단을 설립하고 큰돈을 기부했다.

우리는 고양이와 함께 글을 씁니다   카를로스 몬시바이스

찰스 부코스키

Charles Bukowski

나는 명령하는 사랑, 탐색하는 사랑은 마음에 안 든다. 사랑이란 문 앞의 배고픈 고양이처럼 그쪽에서 나를 찾아와야 하는 것.

소설 『팩토텀Factotum』의 작가 찰스 부코스키가 친구 칼 와이즈너에게 보낸 편지의 한 구절이다. 부코스키가 그런 사랑을 한 대상이 있었다면 단연코 고양이다. 헨리 치나스키라는 술주정뱅이 대리 자아를 내세웠던 이 시인 겸 소설가는 겉모습은 늘 거칠었지만 고양이라는 멋진 피조물에게는 늘 부드럽게 대했다. 「내 고양이들My Cats」에 썼듯이 그는 고양이를 자신의 선생으로 생각했다.

부코스키의 고양이 사랑은 감상적일 때도 있었지만 발칙할 때도 있었으니 「고양이 불알을 바라보며Looking at the Cat's Balls」라는 유쾌한 시에서 화자는 제목 그대로 고양이의 불알을 바라본다.

부코스키와 함께 지낸 고양이로는 「터프한 후레자식의 일대기The History of one Tough Motherfucker」의 주인공인 꼬리 없는 흰 고양이 망크스, 부치 반고흐 아르토 부코스키라는 이름이 아

우리는 고양이와 함께 글을 씁니다 　　　　　　　　　　　　　　　찰스 부코스키

주 문학적이고 귀가 하나인 수고양이, 작가가 글을 쓸 때면 타자기 옆을 지키던 팅이 있었다. 1987년 영화배우 숀 펜과의 인터뷰에서 부코스키는 이렇게 말했다.

주변에 고양이들이 잔뜩 있는 게 좋아. 기분이 안 좋을 때 고양이를 보잖아? 그럼 기분이 나아져. 고양이들은 세상만사 있는 그대로 생각하거든. 뭐 하나 대단할 게 없다는 거야. 걔넨 다 알아. 고양이가 구세주야. 주변에 고양이가 많을수록 사람이 오래 산단 말이지. 고양이가 100마리면 열 마리일 때보다 열 배 더 장수한다니까. 언젠가 이 사실이 증명되는 날엔 사람들이 고양이를 1000마리씩 키우면서 영생을 누리게 될 거야.

체스터 하임즈
Chester Himes

　　대표작 『불평하는 자는 보내주어라If He Hollers Let Him Go』
등 스무 편에 달하는 장·단편을 집필하여 '할렘 범죄소설'의
아버지로 불리는 하임즈는 주변에 넘쳐나는 폭력과 인종차별
을 소설이라는 거울로 비춘 작가다. 그는 이렇게 말했다.

　　이곳 미국에서 폭력은 공공연한 삶의 방식이다. 많은
사람이 폭력에 기대어 살아간다. 그러니 범죄소설이 하나의
양식을 이룬 것이다. 나는 흑인 작가 중에서 누군가가 꼭 범
죄소설이라는 장르에 뛰어들어야 한다고 생각했다.

　　하루하루가 엉망진창으로 이어지는 가운데 작가의 마음
을 달래준 존재가 고양이들이고 그중에서도 블루포인트 샴고
양이인 그리오(사진)였다. 이 종은 몸통은 하얗고 귀와 코, 꼬
리에만 색깔이 있다. 1972년 인터뷰에서 하임즈는 이렇게 말
했다.

　　'그리오'란 서아프리카 왕궁에서 일하던 이야기꾼 겸
마술사를 말합니다.

하임즈는 여행에도 그리오를 자주 데려갔다. 데려가지 못하는 경우엔 대가를 톡톡히 치러야 했다. 1971년 독일 슈투트가르트에서 했던 인터뷰에서 하임즈는 집을 너무 오래 비웠다가는 "그리오가 작업실을 난장판으로 만들고 책을 전부 물어뜯어 놓는다"고 설명했다.

그리오가 세상을 떠난 뒤에는 데로스라는 다정다감한 고양이가 하임즈와 함께 지냈다.

콜레트

Sidonie-Gabrielle Colette

프랑스 소설가 콜레트(본명 시도니가브리엘 콜레트)는 마치 고양이처럼 한 번에 아홉 가지 삶을 살았다. 무엇보다도 중편소설 『지지Gigi』 등 감각적이고 관능적이며 때로는 외설적인 작품으로 1948년 노벨 문학상 후보에 오르기도 했지만, 작가가 되기 전에는 연회 무대에 서는 마임 배우였다. 파리의 아방가르드 지식인과 예술가 그룹의 일원으로 활동하며 여러 여성과 연애를 했는가 하면, 남성과 결혼하여 아이를 낳았다.

콜레트는 글로써 여성의 목소리를 대변했다. 제1차 세계대전 때는 저널리즘 분야에서 활동했고, 제2차 세계대전 때는 전쟁 당시의 삶을 기록한 회고록을 썼다. 그리고 고양이를 엄청 사랑했다. 콜레트의 두 번째 남편은 이런 농담을 자주 했다고 한다.

방문을 열었더니 당신과 고양이가 둘이 오붓한 시간을 보내고 있잖아? 그럼 왠지 내가 잘못한 것 같더라고. 당신, 이러다 곧 다 때려치우고 정글로 떠나는 거 아닐지.

    콜레트에게 고양이는 반려동물이 아니라 신비로운 뮤즈이자 인간의 생을 반영하는 상징물이었다. 단편소설 「암고양이La Chatte」는 인간 남자와 인간 여자, 그리고 샤하라는 고양이 사이의 삼각관계를 그린다. 1막짜리 짧은 희곡을 모은 『짐승들의 대화Dialogues de Bêtes』에도 고양이들이 주인공으로 등장한다. 콜레트는 이렇게 말했다.

    세상에 평범한 고양이는 없다.

도리스 레싱
Doris Lessing

소설 『금색 공책』의 지은이이며 2007년 노벨 문학상 수상자인 레싱은 이란에서 태어나 로디지아(지금의 짐바브웨) 남부에서 성장했다. 그는 자연을 가까이하며 성장한 덕분에 여러 동물, 특히 고양이와 애착을 형성할 수 있었다.

고양이란 인간에게 얼마나 큰 선물인가! 고양이와 함께할 때 누릴 수 있는 놀라운 순간들, 맹수 같은 느낌, 손바닥에 느껴지는 그토록 보드랍고 매끈한 감촉, 서늘한 한밤중 잠에서 깨어났을 때 느껴지는 온기, 아주 평범한 일과 중에도 눈앞에 존재하는 아름다운 마법……

고양이가 방을 가로지르는 호젓한 걸음걸이에는 표범 같은, 어쩌면 그보다도 사나운 고양잇과 동물 같은 면모가 엿보인다. 고개를 돌려 나를 바라볼 때 눈동자에 스치는 노란 광휘는, 내가 등을 쓰다듬거나 턱을 문지르거나 머리통을 살살 긁어주면 갸릉갸릉 소리를 내는 이 친구가 실은 얼마나 먼 곳에서 왔는지 말해준다.

레싱은 사랑하는 고양이를 위해 『노묘 엘 마그니피코The Old Age of El Magnifico』라는 회고록을 썼다. 2008년 《월 스트리트 저널》과의 인터뷰에서는 이렇게 말했다.

엘 마그니피코는 나와 이야기가 가장 잘 통하는 고양이였습니다. 정말로 영리한 고양이였죠. 우리는 특별히 대화하는 시간을 정해두고 서로의 마음을 이해하려고 했습니다. 엘 마그니피코는 이 시간의 의미를 잘 알았어요. 뭔가를 억지로 하려 들면 대화가 잘 풀리지 않았지요.

레싱이 쓴 또 다른 고양이 책인 『무엇보다 고양이들 Particularly Cats』과 『무엇보다 고양이들과 살아남은 루퍼스 Particularly Cats and Rufus the Survivor』에는 작가와 함께 살던 샴 계열 고양이 그레이캣과 블랙캣의 이야기가 담겨 있다.

이디스 시트웰

Edith Sitwell

　매력 넘치는 괴짜 시인 시트웰은 음악의 노랫말인 전위적인 작품들로 가장 잘 알려져 있다. 짓궂은 유머와 바로크 풍 패션을 즐겼고 고양이를 사랑했다. 하루는 자신의 침실에서 기자회견을 열고(물론 모자는 멋진 걸로 골라 썼다) 세 고양이 섀도우, 리오, 빌레이커와 함께 사진 촬영을 했다. 그날 시트웰은 기자들에게 이런 명언을 남겼다.

　고양이들은 멍청한 말은 절대 입 밖에 내지 않아요. 그게 결코 쉬운 일은 아니잖아요?

　1965년에 출간된 자서전 『돌보아진 사람Taken care of』에서 시트웰은 오래전 1916년에 형제들과 함께 시선집 『바퀴Wheels』를 편집하다가 한 시인 지망생의 원고를 고양이 침대 깔개로 쓴 일화를 들려준다. 1962년에는 당대 문필가의 인기를 한 몸에 받던 스타 사진가 마크 거슨Mark Gerson과 함께 화보 촬영을 한 뒤 그에게 편지를 썼다.

　리오의 멋진 사진을 보내주어 정말 고마워요. 어쩜 이

렇게 당당한 모습을 담아내셨는지요. 내 사진이 아무리 잘 나왔다고 해도 이번 호《책과 독서가Books and Bookmen》 표지는 리오의 사진으로 장식하는 게 옳겠습니다.

우리는 고양이와 함께 글을 씁니다   이디스 시트웰

엘리너 글린

Elinor Glyn

주로 여성 독자를 위해 에로틱한 연애 소설을 쓴 글린은 1927년 작 『그것It』에서 이렇게 썼다.

그것을 가진 운 좋은 사람에겐 남녀 모두를 끌어당기는 묘한 자력이 있다. 동물 중에 찾아보면 호랑이와 고양이가 그것을 가지고 있다. 호랑이와 고양이, 둘 다 아름답고 신비로우며 좀처럼 순종하지 않는 동물이다.

여기서 '그것'은 어떤 특별한 사람들이 가진 '말로 설명하기 어려운 매력'을 칭한다. 발표와 함께 일대 소동을 일으킨 소설 『3주Three Weeks』는 작가 본인이 16년 연하인, 록스버러 공작의 동생 알리스테어 이네스 커Alistair Innes Ker와 함께한 일을 바탕으로 한 이야기다.

자유로운 영혼의 소유자 글린의 퇴폐적인 생활방식은 함께 살던 고양이들에게서도 엿보이는 듯하다. 작가의 사진에는 털이 길고 아름다운 마멀레이드 색 캉디드(52, 53쪽 사진)와 자디그가 자주 등장한다. '캉디드'와 '자디그'는 물론 프랑스 철학자 볼테르를 기려 붙인 이름이다.

우리는 고양이와 함께 글을 씁니다 엘리너 글린

엘리자베스 비숍
Elizabeth Bishop

    동료 작가들이 고백체라는 새로운 스타일에 열광하며 자기 삶을 소재로 삼는 동안에도 퓰리처상 수상 시인 비숍은 조심스러운 태도를 유지하면서 사생활은 독자들에게 내보이지 않았다. 그러나 사진에는 우리가 숨기고 싶어도 숨길 수 없는 것들이 드러나게 마련이다. 이 사진에서 느껴지듯이 비숍은 고양이 곁에서 안식을 느끼는 사람이었다. 고양이 미노에게 자장가를 지어주었고, 천둥과 번개를 무서워하는 브라질 고양이 토비아스를 주인공으로 시 「뇌우Electrical Storm」를 썼다. 비숍은 이렇게 자랑했다.

    토비아스는 사냥밖에 모르는 고양이랍니다. 먹이를 얼마나 솜씨 좋게 해체하는지요. 쥐를 잡으면 쓸개를 비롯한 남은 부위를 모아서 꼭 주방 바닥에다 예쁘게 늘어놓지요.

어니스트 헤밍웨이
Ernest Hemingway

문학사에서 가장 유명한 고양이 애호가를 한 명 꼽는다면 헤밍웨이일 것이다. 이 사진 속 고양이의 이름은 크리스토발 콜론[7]이다. 『노인과 바다』, 『누구를 위하여 종은 울리나』 등을 지은 이 작가는 사는 동안 늘 고양이를 수십 마리씩 키웠다. 1943년에 첫 번째 부인 해들리 모우러에게 보내는 편지에 이렇게 썼다.

고양이는 한 마리로 끝나는 법이 없지. 이 집은 엄청나게 커서 고양이가 많다는 생각이 전혀 들지 않아. 밥 주는 시간에 마치 집단 이주를 하듯 한꺼번에 몰려들 때만 빼면.

헤밍웨이와 함께한 고양이들은 언제나 최고로 대접받았고, 그가 인생 후반을 보낸 쿠바의 집에는 고양이 손님을 위한 침실까지 있었다. 헤밍웨이는 고양이를 "갸릉갸릉 공장" "러브 스폰지"라고 표현했다. 고양이라면 누구나 그의 열대 별장을 마음껏 이용할 수 있었다. 그야말로 완벽한 고양이 아빠가

[7] ··· 이탈리아 출신 탐험가 크리스토퍼 콜럼버스.

아닌가. 그의 조카 힐러리 헤밍웨이는 카를렌 프레더리카 브레넌Carlene Fredericka Brennen이 집필한 전기 『헤밍웨이의 고양이들Hemingway's Cats』 서문에서 이렇게 회상했다.

어니스트 헤밍웨이 하면 사람들은 사냥과 낚시가 취미인 마초 같은 남자를 떠올린다. 삼촌이 강을 누비며 낚시를 하고 아프리카의 숲에서 사냥감을 기다린 것은 사실이다. 하지만 그는 늘 동물에 대해 더 잘 알고 싶어 했다. 동물의 서식지를 연구했고 이동 방식과 식성을 분석했을 뿐 아니라 동물의 신체가 평생에 걸쳐 어떻게 바뀌는지 관찰했다. 마치 존 오듀본John Audubon[8]처럼 주로 자신이 연구한 동물을 사냥 대상으로 삼았다. 삼촌은 그런 동물이 살아 있을 때도 연구하고 죽어서도 연구했다. 그의 모든 글에는 사냥꾼과 사냥감의 내밀한 관계가 드러난다.

헤밍웨이가 이끈 고양이 부대는 지금도 플로리다주 키웨스트에 있는 '어니스트 헤밍웨이 자택 박물관'에서 대를 이어 살아가고 있다. 이곳에 가면 발가락이 평균보다 많은 고양이를 40~50마리씩 볼 수 있는데, 모두들 유명인의 이름을 가지고 있다. 과거에 헤밍웨이가 한 선장에게 백설 공주라는 이름의 고양이를 선물 받았다고 한다. 이름대로 몸이 하얗고 발가락이 여섯 개인 고양이였다. 지금 헤밍웨이 박물관 부지에

[8] … 19세기 미국의 동물학자이자 화가.

사는 고양이는 전부 이 백설 공주의 후손이다.

　　헤밍웨이는 고양이에 대해 이렇게 말했다.

　　고양이는 감정에 완전히 솔직하다. 인간은 때로 이런저런 이유로 감정을 숨기지만 고양이는 그러지 않는다.

길리언 플린
Gillian Flynn

어렸을 적 책과 공포영화, 특히 히치콕 감독의 영화 〈사이코〉를 좋아했고 대학에서 저널리즘을 공부한 플린은 자연스럽게, 혹은 운명적으로 작가의 길을 선택하고 이 세상의 어두운 저류를 탐색하는 소설을 쓰기 시작했다. 세계적인 베스트셀러 『나를 찾아줘』는 자신이 직접 각본을 쓰고 데이비드 핀처David Fincher가 연출한 영화로도 많은 팬을 얻었다. 플린은 이 작업으로 여러 영화상을 받았을 뿐만 아니라 상업적인 성공까지 거둔 몇 안 되는 원작 소설가 반열에 올랐다.

치명적인 매력을 가진 여성 악당, 연쇄 살인범, 악마 숭배의 세계를 그려온 작가답게 플린은 검은 고양이를 사랑한다. 하지만 검은 고양이에 대한 고정관념은 갖지 않기를 바란다. 사진 속의 로이는 그가 어린 시절 이후 네 번째로 키우고 있는 검은 고양이다. 플린은 나와의 인터뷰에서 이렇게 말했다.

난 고양이 중에서도 검은 고양이가 최고라고 믿어 의심치 않아요. 너무도 다정하고 느긋하고 귀엽거든요. 특히 로이는 '개냥이'예요. 우리가 집에 도착하는 소리가 들리면 문간으로 총총거리며 마중을 나오죠. 우리가 의자에 앉으면 곧

장 무릎에 자리 잡고요. 나를 찾으며 갸릉갸릉 우는 소리가
저 끝 방에서부터 들려와요.

플린의 심리 스릴러에서 긴장이 최고조에 이르는 대목
을 누가 썼는가 하면 바로 로이다.

사실 내가 최근에 발표한 소설 두 편과 이제까지 쓴 모
든 영화 각본에서 로이가 조수 역할을 톡톡히 했습니다. 나
대신 키보드에 앉아서 GY*T^&$$^R^&h&&G 같은 글을 썼
죠. 요즘에는 내가 러닝머신이 달린 입식 책상에서 글을 쓰기
때문에 옆에 앉아 날 지켜봅니다. 너무나 귀여운 감시자예요.

우리는 고양이와 함께 글을 씁니다 　　　　　　　　　　　　　길리언 플린

글로리아 스타이넘
Gloria Steinem

국제적인 명성을 얻은 저널리스트이자 사회운동가인 스타이넘은 1971년에 페미니즘 잡지 《미즈Ms.》를 창간했다. 1960~70년대 미국 여성해방 운동의 기수였던 스타이넘은 오랜 세월 동안 세계 여성주의 운동의 중심에서 활동하면서 여성이 삶의 모든 면에서 동등한 기회를 누리도록 변화를 이끌어왔다.

여성은 자신이 원하는 모든 일을 할 수 있어야 한다는 스타이넘의 신념은 고양이들에게도 전폭적인 지지를 얻어온 듯하다. 지금까지 스타이넘은 사진 속의 크레이지 앨리스를 비롯하여 여러 고양이와 함께 살았다. 그는 나에게 이렇게 말했다.

앨리스는 비밀이 많고 주관이 굉장히 뚜렷한 친구예요.

스타이넘은 이제는 세상을 떠난 회색 페르시아고양이 마그리트를 특별히 아꼈다.

내 인생의 고양이였어요. 마그리트는 나에게 굳은 의지

에 대해, 제 존재로부터 비롯되는 권위에 대해 가르쳐주었습니다. (……) 여자들이 우리 집에 몰려와서 둥글게 앉아 회의를 할 때면 마그리트도 커다란 의자의 팔걸이에 앉아 몇 시간이고 열심히 회의에 참여했어요. 평소 고양이를 좋아하지 않던 사람들도 마그리트에겐 마음을 빼앗기고 말았지요.

요즘 스타이넘은 회색과 흰색이 섞인 '이집션 마우' 한 마리와 함께 살고 있다. 사고로 왼쪽 뒷다리를 잃고 카이로 거리를 떠돌다가 구조된 고양이다. 이름은 펜디. 유명한 패션 브랜드가 아니라 에펜디를 줄인 말이다. 스타이넘의 설명에 따르면 그리스어, 페르시아어, 아랍어로 '높으신 분'을 이르는 호칭이다. 펜디는 한쪽 발을 잃었어도 새집을 접수하는 데 아무 문제가 없었다.

꼭 마그리트가 그랬던 것처럼 회의 시간에 의자 팔걸이에 몇 시간씩 앉아서 발언자 한 사람 한 사람을 쳐다봅니다. 펜디는 우리 모임의 핵심 인사예요. 내가 책상에 앉아 일하거나 소파에서 책을 읽으면 꼭 무릎이나 책상으로 올라와요. 그레이비소스를 잔뜩 뿌려주지 않으면 음식을 먹으려고 하지 않는 고집쟁이고요. 아주 우아한 고양이예요. 한 점의 예술 작품이죠.

스타이넘은 고양이야말로 "작가에게 가장 필요하고 가장 잘 어울리는 동료"라고 생각한다.

무라카미 하루키

Haruki Murakami

하루키의 산문「장수 고양이의 비밀」에는 흥미로운 일화가 있다.

그는 여행을 떠나기 전 고단샤 출판사의 편집장에게 자기 고양이를 돌봐달라고 부탁하고 그 대가로 장편소설을 하나 써주겠다고 약속한다. 바로 1987년에 출간되어 초대형 베스트셀러가 된 『노르웨이의 숲』이다.

이 소설은 도쿄의 한 남자 대학생이 두 여성과 맺는 상반된 관계를 묘사한다. 하루키는 이 작품으로 일약 스타 작가로 부상했다. 앞서 말한 산문에서 데뷔작 『바람의 노래를 들어라』를 쓰던 때를 이렇게 회고했다.

제 첫 소설이지만 지금도 생생히 기억합니다. 밤에 고양이를 무릎에 앉히고 맥주를 홀짝이며 썼습니다. 우리 집 고양이는 내가 소설을 쓰는 게 탐탁지 않아서 틈만 나면 책상에 놓인 원고를 엉망으로 뒤집어놓았지요.

하루키는 여러 소설에서 고양이에게 중요한 역할을 맡겼다. 때로는 고양이가 평범한 일상의 요소로 등장하지만, 때

우리는 고양이와 함께 글을 씁니다   무라카미 하루키

로는 오묘한 상징이나 징조로 나타난다. 『태엽 감는 새 연대기』의 긴 이야기는 사라진 고양이로부터 시작된다. 『해변의 카프카』에는 길 잃은 고양이들과 대화할 줄 아는 남자가 나온다. 수필 「고양이의 죽음에 관하여」에서 하루키는 그동안 함께 살면서 작품에 영감을 준 고양이들을 소개한다. 그 이름은 기린, 부치, 선댄스, 매커렐, 스코티, 캘리코, 피터, 블랙, 토비마루, 고로케⁹ 등이었고 이름마저 '뮤즈'인 고양이도 있었다.

재즈 음악 애호가로서 방대하고 다양한 음반을 소장하고 있던 하루키는 1974년 도쿄 근교에 그의 고양이 이름을 딴 '피터 캣Peter Cat'이라는 재즈 클럽을 열었고 1981년까지 운영했다. 낮에는 커피를, 밤에는 음식과 술과 라이브 연주를 즐길 수 있었던 이 가게에서 하루키는 직접 칵테일을 만들고 가게를 청소하고 음악을 선곡했다. 가게 안은 수많은 고양이 관련 물건과 인형으로 장식했다.

---

⑨ … 기린(騏驎)은 하루에 1000리를 달린다는 전설의 말. 부치와 선댄스는 영화 〈내일을 향해 쏴라〉의 두 주인공 이름. 매커렐과 캘리코는 각각 '고등어'와 '삼색이'에 해당하는 이름. 스코티는 스코티시 폴드 종 고양이의 이름이었고 블랙은 검은 고양이의 이름이었다.

헬렌 G. 브라운

Helen Gurley Brown

브라운은 아는 사람은 물론 모르는 사람까지도 '푸시캣 pussycat[10]'이라고 부르며 친근함을 표현했다. 잡지 《코스모폴리탄》의 편집장으로서 장기 집권하는 동안(무려 32년간) 브라운은 새끼 고양이를 자기만의 토템으로 삼았다. 때로는 서명할 자리에 고양이를 그려 넣기까지 했다.

그는 현대적이고 독립적인 일하는 여성 독자를 위해 글을 쓰고 잡지를 만들었다. 그의 글은 때로는 논란도 일으키면서 많은 독자를 사로잡았다. 베스트셀러 논픽션 『싱글 여성의 섹스 Sex and the Single Girl』에서 사랑이든 섹스든 경제적 독립이든 화려한 옷이든 여성은 모든 걸 가질 수 있고 행복한 여성은 죄책감을 느낄 필요가 없다고 선언했다.

그가 주장한 멋진 삶은 결코 허황된 것이 아니었다. 작가 본인이 바로 그렇게 살았으니까. 브라운은 맨해튼 파크 애비뉴의 고급 아파트에서 초콜릿 포인트 샴고양이 사만사, 그레고리와 함께 살면서 많은 사진을 남겼다.

1970년대에 《코스모폴리탄》의 공식 마스코트와 로고는

---

[10] … 새끼 고양이.

커다란 빨간색 넥타이를 두른 분홍색 고양이 러비였다. 2012
년에 세상을 떠난 브라운의 묘비 중앙에는 하얀 넥타이를 맨
러비가 조각되어 있다.

우리는 고양이와 함께 글을 씁니다   헌터 S. 톰슨

헌터 S. 톰슨

Hunter S. Thompson

소설 『라스베이거스의 공포와 혐오』와 '곤조 저널리즘 Gonzo journalism'이라는 독자적인 스타일로 잘 알려진 톰슨은 1966년 『지옥의 천사들 Hell's Angels』을 발표하며 작가 활동을 시작했다. 톰슨은 당시 사회에 악명을 떨치던 오토바이 클럽을 밀착 취재하여 그들의 생활을 가감 없이 묘사했다. 출간 이듬해에 받은 이 책의 인세로 콜로라도주에 2층짜리 작은 통나무집과 땅을 구입하고는 이 요새 같은 저택을 '올빼미 농장 Owl Farm'이라고 불렀다. 그가 쓰던 여러 가명 중 하나가 서배스천 아울 Sebastian Owl이었다. 그곳에서 톰슨은 주로 총을 쓰며 살았다. 과녁에 사격 연습을 하고 창가에 진을 치고 있다가 무단 침입자에게 공포탄을 쏘고, 자신의 낡은 지프차를 총으로 실컷 갈겨댔다.

사격 외에 몰두한 대상은 바로 함께 사는 여러 동물이었다. 공작 두어 마리, 저먼 셰퍼드 한 마리, 그리고 시저와 펠레라는 샴고양이 두 마리가 식솔이었다. 후에 톰슨의 아내 애니타 베주무크는 두 고양이가 그의 '아기들'이었다고 회고했다.

아이리스 머독
Iris Murdoch

『그물을 헤치고』,『종The Bell』의 작가 머독에 대해 영국의 소설가 마틴 에이미스Martin Amis는 이렇게 표현했다.

머독의 세계는 믿음으로 타오른다. 그는 모든 것을 믿는다. 진정한 사랑을, 생생한 환영을, 마법을, 괴물을, 이교의 혼령들을. 이 작가는 집고양이들이 뭘 보는지 혹은 뭘 느끼는지 설명하지 않는다. 고양이가 지금 무슨 생각을 하는지 쓴다.

인물의 내면세계를 중심으로 소설을 쓴 머독은 마찬가지로 고양이의 신비로운 내면을 관찰하여『착한 사람, 좋은 사람The Nice and the Good』등의 작품을 썼다. 머독은 어릴 적부터 여러 고양이와 함께 살았다. 그중엔 이름이 태비인 고양이도 있었고, 창턱에서 새들을 향해 으르렁거리길 좋아하던 대니보이도 있었다. 작가의 부친 역시 잠들기 전에 집의 고양이들에게 굿나잇 인사를 하는 사람이었다. 작가인 남편 존 베일리John Bayley와 머독은 서로 이렇게 주장하며 웃었다.

　　나는 고양이를 안 좋아하는데, 아이리스가/존이 하도
고양이를 좋아해서 말이죠.

우리는 고양이와 함께 글을 씁니다   오사라기 지로

오사라기 지로

Jiro Osaragi

일본에서 두 번째로 인구가 많은 도시 요코하마를 여행할 기회가 있다면 지로 기념관을 놓치지 마시길. 요코하마 출신 지로의 대표작 『귀향歸鄕』, 『아코로시赤穗浪士』의 원고와 여러 작품의 초판본을 볼 수 있다.

또 하나 눈길을 사로잡는 것은 집 구석구석에 놓인 고양이 장식, 고양이 사진, 고양이 예술품이다. 작가가 이곳 테라스에 앉아 글을 쓰다가 정원에서 뛰노는 고양이들을 바라보는 모습이 눈에 선하다. 지로는 그저 '고양이를 사랑하는 사람' 정도가 아니었다. 사는 동안 500여 마리의 고양이를 돌보았다. 전해지는 이야기로 지로는 집을 두 채 두고 그중 한 채는 고양이 수십 마리에게 통째로 내주었다고 한다.

호르헤 루이스 보르헤스
Jorge Luis Borges

너는 다른 시간을 사는,
꿈처럼 묶여 있는 공간의
주인이시다

아르헨티나 작가 보르헤스의 시 「고양이에게A un gato」의
마지막 구절이다. 시와 에세이, 단편소설로 라틴아메리카 문
학의 대중화를 이끈 보르헤스는 여러 고양이와 함께 소박한
삶을 영위했다. 그중 한 마리인 커다란 흰색 고양이는 바이런
의 시에 나오는, 바다를 표류하는 남자의 이름을 따서 베포
Beppo라고 불렸다. 보르헤스도 베포를 위해 시를 썼다.

하얀 독신자 고양이가 찬찬히
투명한 거울 속으로 자신을 들여다본다.
널 마주 보는 저 흰 것,
처음 보는 금빛 눈동자,
집 안 어디에서도 본 적 없는 저 고양이가
너를 꼭 닮은 줄은 꿈에도 모르지.
누가 너에게 말해줄까?

우리는 고양이와 함께 글을 씁니다   호르헤 루이스 보르헤스

널 보는 고양이는 거울이 꾸는 꿈일 뿐이라고.

우리는 고양이와 함께 글을 씁니다   주디 블룸

주디 블룸

Judy Blume

청소년 소설 『안녕하세요, 하느님? 저 마거릿이에요』 (1970)를 지은 작가 블룸은 늘 동물과 함께 살았다. 공식 웹사이트에 따르면 "열여섯 살까지 장수한 삼색 고양이도 있었다. 이제는 자식들 집에 동물이 있으니 그 녀석들을 보러 간다." 아들 래리의 집에 사는 개 무키는 블룸의 '개 손자'이다.

이 책에 수록한 사진은 1978년에 촬영했는데, 안타깝게도 그때 블룸의 고양이 샤넬이 집을 나간 뒤라 옆집 고양이를 빌려 카메라 앞에 세워야 했다. 그는 십 대의 성과 섹슈얼리티, 죽음 등 관습에서 벗어나는 주제들을 솔직하게 다루며 청소년 문학을 개척해왔다. 『샐리 J. 프리드먼 이야기』에 나오는 오마르처럼 그의 작품에는 고양이가 심심찮게 등장한다.

훌리오 코르타사르

Julio Cortázar

이 작가는 비평가의 말과 고양이의 말을 똑같이 믿는다.

실험적인 작가 코르타사르에 대해 2016년 그의 시선집을 영어로 번역한 스티븐 케슬러 Stephen Kessler가 한 말이다. 단편 모음집 『80세계의 하루 일주 La vuelta al día en ochenta mundos』에서 코르타사르는 자신이 고양이를 특별하게 여기는 이유를 이렇게 설명한다.

나는 가끔 나처럼 나이대로 살지 않는 사람을 만나고 싶었다. 그런 사람은 찾기 어렵더라. 그러나 금방 나와 닮은 존재를 발견했으니, 고양이와 책이다.

『80세계의 하루 일주』에는 작가가 실제로 기르던, 독일 사회철학자의 이름을 딴 테오도르 W. 아도르노(사진)가 등장한다.

카짐 알리
Kazim Ali

시인이자 편집자, 산문가인 알리는 나와의 인터뷰에서 이렇게 말했다.

고양이와 작가는 둘 다 직관적이고 고독한 삶을 영위합니다. 내 고양이들은 나와 비슷하게 성격이 외향적인 동시에 내성적이에요. 고양이와 작가는 서로에게 자유를 줍니다. 하지만 사랑과 관심이 필요한 순간이 언제인지도 잘 알지요.

알리는 영국에서 인도, 이란, 이집트 혈통이 섞인 무슬림 집안에서 태어났고 이후 북아메리카로 이주했다. 그가 『퀸의 여행Quinn's Passage』, 『세스의 실종The Disappearance of Seth』 같은 소설을 쓰는 동안 고양이들이 그의 마라톤 같은 작업을 곁에서 함께했다.

알리가 글을 쓸 때면 지금은 세상을 떠난 겐지(사진)가 의자 등받이나 그의 무릎, 팔에 자리를 잡았다. 작가는 종이 가방이나 천 가방에 겐지를 넣고 의자 뒤쪽에 걸어두곤 했는데, 그러면 고양이도 즐거워하고 본인도 책상을 편히 쓸 수 있었다고 한다.

가방에 넣어주면 40~50분 정도는 기분 좋게 그 안에 들어 있었죠. 저는 평화롭게 타자를 칠 수 있었고요.

겐지라는 이름은 물론 문학작품에서 따온 것이다.

겐지는 일본 고전 소설 『겐지 이야기』에 나오는 주인공 왕자의 이름이다. 이 고양이는 아무에게나 자기를 안아달라고 졸랐다. 겐지는 소설의 주인공처럼 밤이 되어 불이 꺼지

면 내 침대에 올라오고 때로는 내가 잠든 이불 속으로 파고
들었다. 그러고는 꼭 사람처럼 베개를 베고 나에게 바싹 몸
을 붙였다. 앞발은 내 가슴에 올리고, 한쪽 다리는 내 허리께
에 두르고 잤다. 겐지가 세상을 떠나 슬픔에 잠겨 있을 때 한
친구가 그랬다. 고양이는 인간 이상의 존재라고. 고양이는
우리의 자식이고 룸메이트이고 가장 가까운 친구이며 연인
이라고. 정말 지당한 말씀이다.

현재 알리의 집에는 턱과 발이 하얀, 회갈색 태비 고양
이 미네르바 맥고나걸 교수, 줄여서 미누가 산다. 해리포터 시
리즈의 그 맥고나걸에서 따온 이름이다.

릴리언 잭슨 브라운

Lilian Jackson Braun

고양이와 소설을 둘 다 사랑하는 사람이라면 릴리언 잭슨 브라운의 미스터리 시리즈 '이 고양이의 정체는……The Cat Who……'을 꼭 읽어야 한다. 기자인 존 퀼러런(애칭은 퀼)과 용감한 샴고양이 듀오가 펼쳐 나가는 이야기이다.

코코와 염염(두 이름 모두 길버트와 설리번Gilbert and Sullivan의 오페라 「미카도The Mikado」에 등장하는 인물에게서 따왔다)은 주인공 인간이 범죄를 해결하도록 곁에서 돕는다. 브라운의 이야기에는 고양이와 관련한 재미있는 세부 묘사가 가득하다. 가령 코코는 가재 요리 등 비싼 음식을 내놓으라고 요구한다. 염염의 보랏빛 도는 푸른색 눈동자는 코 쪽으로 몰려 있는데, 이는 앞발을 자유자재로 사용하는 염염의 특별한 능력을 암시한다.

두 고양이 탐정은 사건 해결의 실마리가 되는 책을 일부러 넘어뜨려서 퀼러런에게 정보를 주고, 실뭉치로 부비트랩을 짜서 악당을 붙잡는다. 1998년 인터뷰에서 고양이(88쪽 사진)가 창작에 영감을 주었느냐는 질문에 브라운은 이렇게 대답했다.

우리는 고양이와 함께 글을 씁니다   릴리언 잭슨 브라운

이 아이들이 없었다면 아예 쓸 수 없었을 작품이었습니다. 우리 집 고양이들은 매일같이 무슨 일인가를 벌여 나에게 아이디어를 줍니다. 얼마나 상상력이 풍부한지요. 나는 고양이들의 행동을 보며 새로운 아이디어를 떠올려요. 코코 3세와 피티싱은 나에게 지대한 영향을 미칩니다.

루이스 어드리크

Louise Erdrich

　　미국 현대 원주민 문학의 대표 작가 어드리크는 지금까지 열다섯 편의 장편소설과 수많은 단편, 시집, 아동문학 서적을 집필했고, 출산과 육아의 기쁨과 어려움에 관한 회고록 『파랑 어치의 춤The Blue Jay's Dance』을 썼다. 작가는 이 책에 대해 이렇게 말한다.

갈등, 고양이, 글 쓰는 삶, 야생의 장소, 그리고 내 남편의 요리에 관한 책이다. 또한 엄마와 아기의 생명력에 관한 책이다. 인간은 열정적이나 기만적인 유대를 맺으며 제 존재를 있는 그대로 쏟아낸다.

원주민 문화(그의 글에는 특히 오지브와 사람[11]이 전면에 등장한다)와 비원주민 문화를 두루 탐색하는 작가이며 2015년 미국의회도서관상을 수상한 어드리크의 글 어딘가에는 꼭 고양이가 있다.

2014년 《뉴요커》에 발표한 단편 「빅 캣」은 집안의 모든 여자가 몸집 큰 고양이처럼 코를 고는 가족에 관한 이야기이다. 현재 어드리크는 미네소타주 미니애폴리스에서 버치바크 북스Birchbark Books라는 독립 서점을 운영 중이다. 물론 거기에는 작가의 특별한 고양이가 군림하고 있다.

[11] ··· 1954년 6월 7일 미네소타주 리틀 폴스에서 오지브웨족 어머니와 독일계 미국인 아버지 사이에서 태어난 어드리크는 이러한 배경 아래 아메리카 원주민의 가족사를 중심으로 시와 소설, 어린이 책을 써왔다. 평론가 케네스 링컨은 그에게 "아메리카 원주민 문학의 르네상스에서 가장 중요한 작가"라고 일컬었다.

리디아 데이비스
Lydia Davis

리디아 데이비스의 섬세한 묘사, 손에 쉽게 잡히지 않으며 때로는 금욕적이기까지 한 언어는 커튼의 술 장식을, 절굿공이를, 고양이를, 티백을, 그리고 플로리다주를 통째로 페티시의 대상으로 삼는다. 그는 우리 모두에게서 페티시즘을 끌어내고야 만다.

문학 비평지 《크리티컬 플레임The Critical Flame》에 실린 리 베넷Leigh Bennett의 평이다. 데이비스는 콜린(사진)을 비롯하여 여러 고양이와 사귀어왔다. 그의 고양이들은 작가를 인터뷰하러 찾아오는 기자들을 문간에서 환영해주는 것으로 유명하다. 「감옥 휴게실의 고양이들The Cats in the Prison Recreational Hall」, 「쥐」, 「짧은 에이, 긴 에이, 슈와에 관한 짧은 이야기Brief Incident in Short a, Long a, and Schwa」 같은 단편과 초단편 소설은 이 작가가 세부에 얼마나 천착하는지 여실히 보여준다.

데이비스는 고양이가 언제 어떻게 나타났다가 사라지는지까지 자세히 묘사한다. 단편집 『할 수 없는 일과 하지 않을 일Can't and Won't: Stories』에 수록된 「암컷 고양이 몰리: 이력/소견Molly, Female Cat: History/Findings」에서 데이비스는 독자의 인내심을 시험하기라도 하듯 한 고양이에 관한 정보를 소상히, 지치지 않고 읊는다.

이 고양이는 꼬리 바로 위쪽을 쓰다듬으면 운다. / 소변을 보기 전이나 후에 우는 경우도 있다. / 낮잠에서 깨어나서 우는 경우도 더러 있다.

우리는 고양이와 함께 글을 씁니다   마거릿 미첼

마거릿 미첼

Margaret Mitchell

워낙 큰 인기를 누린 영화 때문에 빛이 바랜 면이 있지
만, 남북전쟁 시대 남부의 개성 넘치는 젊은 여성을 주인공으
로 한 장편소설 『바람과 함께 사라지다』는 미첼에게 내셔널
북 어워드와 퓰리처상을 안긴 걸작이다.

미첼은 고양이와 말을 가장 사랑했지만 그 밖에도 여러
동물을 좋아했다. 어릴 때 살던 조지아주 애틀랜타의 집은 개
(당시 대령이던 시어도어 루스벨트의 이름을 딴 콜리 종 개)와 오리
(드레이크 부부), 거북이, 악어 등등 각종 동물로 북적였다. 미
첼은 죽을 때까지 고양이와 함께 살았으며, 자신의 유명한 대
표작을 쓰기 전 《애틀랜타 저널》 기자 시절에는 고양이에 관
한 글을 발표한 적도 있다.

마크 트웨인
Mark Twain

　『톰 소여의 모험』,『허클베리 핀의 모험』을 지은 작가 트웨인은 미국 현대문학을 대표하는 문필가인 동시에 고양이 광신도였다. 그는 이렇게 썼다.

　당신이 고양이를 사랑한다면 다른 말 필요 없이 나의 친구이고 동지입니다.

　트웨인이 사랑한 고양이는 서른 마리가 넘는다. 이 천재적인 이야기꾼 겸 고양이 '수집가'의 팬이라면 반드시 그의 자서전을 읽어보아야 한다. 검은 새끼 고양이 밤비노가 사라졌을 때 트웨인은 모든 신문에 수색 광고를 실었다. 그러자 수많은 팬이 트웨인의 얼굴을 보려고 아무 고양이나 들고 와서 그의 집 문을 두드렸다고 한다.
　트웨인은 고양이를 가지는 것으로 만족하지 못했다. 그는 고양이를 빌리기까지 했다.

　많은 사람이 시골에서 여름휴가를 보내는 동안에도 고양이와 함께하고 싶어 하지만 그러지 못한다. 그랬다가는 도

시로 돌아올 때 고양이를 데려와야 하고 그럼 일이 귀찮아지니까, 아니면 집도 절도 없는 신세로 고양이를 시골에 버리고 와야 하니까, 하고 생각하는 것이다. 방법을 찾을 줄 모르고 지혜를 발휘할 줄 모르는 사람들이다. 나처럼 여름 한 달간 고양이를 빌리고 돌아올 땐 원래 집에 돌려주면 된다.

트웨인은 사랑하는 고양이들의 이름을 지을 때 특히나 위트를 발휘했다. 자녀들의 발음 연습에도 도움이 되도록 신중하게 이름을 지었다고 한다. 다음은 '트웨인 동물원'의 고양이 명단이다.

애브너[12], 모틀리[13], 스트레이 캣[14], 프로일라인[15], 레이지[16], 버펄로 빌[17], 소피 샐[18], 클리블랜드[19], 사탄(교회 가는 길에 발견한 고양이인데, 알고 보니 암컷이라 '죄악[Sin]'으로 이름을 바꾸었다), 패민[20], 페스틸런스[21], 사워 매시(가장 아끼는 고양이로 "여러 면에서 고귀하고 매력적이지만 본성은 거칠며 신학과 예술에는 거의 흥미를 느끼지 못했다."), 아폴리나리스[22], 조로아스터[23], 블래더스카이트[24], 바빌론[25], 본즈, 벨커자르[26], 제네시스[27], 듀터로노미[28], 게르마니아[29], 밤비노[30], 아난다, 아난시, 소크라테스[31], 색클로스[32], 애쉬즈, 태머니[33], 신드바드[34], 댄버리[35], 빌리어즈[36](어느 사진을 보면 트웨인이 당구공을 가지고 놀라고 새끼 고양이를 포켓볼 테이블의 구석 포켓에 넣어주고 있다).

⑫ … 당시 미국에서 흔히 쓰이던 사람 이름, 구약성경에는 '아브넬'이라고 나온다.

⑬ … 어릿광대의 한 종류.

⑭ … 떠돌이 고양이.

⑮ … 독일어로 '아가씨'.

⑯ … 게으름뱅이.

⑰ … 서부 개척 시대의 전설적인 총잡이 이름.

⑱ … 상냥한 샐.

⑲ … 미국 제 22대, 24대 대통령. 혹은 미국 오하이오주의 공업 도시.

⑳ … 굶주림.

㉑ … 역병.

㉒ … 초대 기독교의 라오디게아 감독을 가리키는 것으로 보인다.

㉓ … 이란 일대에 지금도 전해져오는 조로아스터교의 창시자.

㉔ … 허풍선이.

㉕ … 고대 바빌로니아 제국의 수도.

㉖ … 신바빌로니아제국의 마지막 왕. 성서에는 벨사살 왕으로 나온다.

㉗ … 창세기.

㉘ … 신명기.

㉙ … 로마제국 시대에 게르만족의 거주 지역을 가리킨 말.

㉚ … 갓난아기. 혹은 전설적인 홈런 왕 베이브 루스의 별명.

㉛ … 고대 그리스의 철학자.

㉜ … 삼베 천.

㉝ … 18세기 말 뉴욕시의 부패 정치 조직.

㉞ … 『아라비안 나이트』에 나오는 상인 이름.

㉟ … 코네티컷주의 작은 도시 이름.

㊱ … 당구.

말런 제임스

Marlon James

소설가 제임스는 자신을 '매일 쓰는 사람'이라고 소개했다. 그에게 맨부커상을 안긴 『일곱 건의 살인에 대한 간략한 역사』는 메인 스트리트의 아스터 카페, 미니애폴리스의 에스프레소 로열 등 미네소타주의 여러 도시, 수많은 커피숍에서 쓴 작품이다. 그는 2015년 《민포스트minnpost》와의 인터뷰에서 이렇게 밝혔다.

나는 세상 한가운데서 글을 씁니다. 사람들이 북적이는 기운이 있어야 글이 나와요.

세상 곳곳의 서점과 카페에 가면 고양이들이 그를 환영하며 몸을 부벼 오는데, 특히 각별한 고양이가 한 마리 있었다. 맨해튼 워싱턴하이츠에 사는 친구 커트와 카밀리아 토메츠 부부의 고양이 톰이었다. 나와의 인터뷰에서 제임스는 이렇게 말했다.

그 친구들도 서점을 운영했어요. 톰은 뉴요커 사이에서 전설로 통하는 '서점 고양이'였죠. 나를 가깝게 여겼던 것 같

아요. 내 침대에 올라오고 사진을 찍을 때 불쑥 끼어들기도 했으니까요.

사진 속 고양이가 바로 톰이다. 톰은 "아주 길고도 화려한 삶을 산 뒤" 2017년에 세상을 떠났다. 운명이 둘을 이어주었는지 제임스는 톰이 세상을 떠나기 전 마지막 순간을 지켜볼 수 있었다.

워낙 나이가 많은 장수 고양이였지만 어느 날 커트가 메시지를 보냈어요. 이제는 톰이 정말 떠날 것 같다고, 와볼 수 있겠느냐고요. 그때 제가 마침 뉴욕에 있어서 톰을 보러 갔습니다. 나중에 커트가 알려주기를, 내가 다녀간 뒤로 톰이 놀랍게도 보름이나 더 버텼다고 했습니다.

우리는 고양이와 함께 글을 씁니다   말런 제임스

닐 게이먼

Neil Gaiman

『신들의 전쟁』,『코렐라인Coraline』을 쓴 작가 닐 게이먼은 2001년부터 지금까지 개인 블로그를 운영하고 있다. 이곳에서 '고양이' 항목에 들어가면 게이먼과 함께한 고양이인 코코넛, 프린세스, 허마이오니, 검은 고양이 프레드의 수많은 이야기를 읽을 수 있다.

그래픽 노블, 영화 각본, 단편과 장편 소설 등을 내놓아 여러 상을 수상한 게이먼은 사진 속의 작은 고양이 조이를 특별히 아꼈다. 2010년의 블로그에는 이렇게 쓰여 있다.

조이는 사랑으로만 이루어진 솜털 뭉치 같다. 딸과 나는 14년 전에 승마를 하다가 한 마구간에서 새끼 고양이를 발견했다. 1년 반 전, 우리는 이 고양이가 시력을 완전히 잃었다는 사실을 알게 되었다. 이제는 사람들이 조이가 머무는 다락으로 올라가고 옆 침대에서 함께 잔다. 조이는 사람들이 자기를 사랑하는 만큼 사랑을 되돌려준다.

사진가 카일 캐시디Kyle Cassidy와의 인터뷰에서 게이먼은 이렇게 말했다.

한때는 조이 옆에서 글을 써보려고 했어요. 하지만 글은 쓰지 않고 종일 조이를 쓰다듬고 있는 나를 발견했죠.

더 많은 이야기가 궁금한 독자는 크리스토퍼 새먼 Christopher Salmon의 애니메이션 〈대가The Price〉를 보시길. 게이먼의 단편을 원작으로 한 이 짧은 영화는 작가가 실제로 사는 수수한 집과 이 집에 들어온 멋진 길고양이의 이야기를 그리고 있다.

퍼트리샤 하이스미스

Patricia Highsmith

『재능 있는 리플리 씨 The Talented Mr. Ripley』, 『열차 안의 낯선 자들』을 쓴 작가 하이스미스는 결코 사람의 마음을 따뜻하게 하는 성격이 아니었지만 고양이와 함께 있을 때만은 상냥했던 듯하다.

그는 사람보다도 고양이를 좋아했고 심지어 "난 사람들과 이야기할 일이 없을 때 상상력이 훨씬 더 잘 작동한다"라고 말했다. 하이스미스는 험난한 하루를 시작하기 전에 고양이들부터 찾았다. 1993년 나임 아탈라 Naim Attallah [37] 와의 인터뷰에서는 이렇게 말했다.

아침에 일어나면 일단 커피를 끓인 다음에 고양이에게 '오늘도 즐거운 하루를 보내자'라고 말하죠.

작가는 초콜릿 포인트 샴고양이 세미온, 새미, 스파이더, 샬럿(하이스미스가 세상을 떠났을 때 울음을 멈추지 않았다), 그리고 특별히 이름은 없었던, 생일 선물로 받은 '얼룩 고양

[37] ··· 독립 출판사 쿼텟 북스(Quartet Books)의 창립자이자 작가.

이’ 등 여러 고양이와 삶을 함께했다. 그중 스파이더는 스코틀
랜드 작가 뮤리엘 스파크^{Muriel Spark}의 식구가 되었는데, 그는
이렇게 말했다.

스파이더는 누가 봐도 작가의 고양이였다는 걸 알 수
있었어요. 내가 글을 쓰고 있으면 다른 고양이들은 다 어디
로 가버려도 스파이더만은 내 곁에 앉아 있었지요.

하이스미스의 소설에서 개는 그렇게 오래 등장하지 못
했지만 고양이는 늘 끝까지 살아남는다. 그는 삶의 대부분을
타자기로 글을 쓰는 데 보냈고 때로 타자기를 둥글게 감싸
안고 있는 고양이의 모습을 스케치로 남기기도 했다. ‘인생에

서 늘 바라온 것이 있는가?' 하는 질문에 작가는 이렇게 대답
했다.

멋진 이층집과 맛있는 마티니, 프랑스 와인을 곁들인
훌륭한 저녁 식사, 아내, 서재, 그리고 샴고양이 한 마리.

프리티 셰노이

Preeti Shenoy

베스트셀러『삶은 만들어진다^{Life Is What You Make It}』를 쓴
작가 셰노이는 소셜 미디어 계정을 통해 주로 로스트리스라
는 멋진 도베르만의 사진을 자랑하지만, 그의 곁에는 늘 고양
이가 맴돈다. 나와의 인터뷰에서 셰노이는 이렇게 말했다.

늘 어디선가 고양이가 나타나서 나에게 친구 하자고 해
요. 나의 가장 오래된 기억도 우리 집에서 키우던 검은 고양
이에 관한 것입니다. (……) 인도 오디샤 지역을 여행하던 중
에 고양이를 숭배하는 흥미로운 사원을 본 적이 있어요.

작가의 블로그(www.preetishenoy.com)에는 시바 신과 케
다르구리 신을 모시는 케다르구리 사원^{Kedar-Gouri Temple}과 그곳
의 고양이 숭앙 관습에 관한 신기한 이야기가 쓰여 있다.

마을에 가난한 부부가 있었는데, 배가 고픈 아내가 케다
르구리에게 바칠 우유를 마신 다음 고양이에게 누명을 씌운
다. 케다르구리는 고양이가 벌 받는 모습을 참지 못하고 고양
이를 구해낸다. 그 후 이 고양이는 '바한^{vaahan}'이라는, 신과 같
은 지위를 누리는 상징적인 동물로 승격된다. 그래서 이 사원

에는 수많은 고양이가 살고 있고 사람들은 고양이에게 선물
을 바침으로써 신에게 경의를 표한다.

우리는 고양이와 함께 글을 씁니다　　　　　　　　　프리티 세노이

우리는 고양이와 함께 글을 씁니다   레이 브래드버리

레이 브래드버리

Ray Bradbury

1950년대 후반, 고양이를 사랑하기로 유명한 작가 브래드버리와 아내 마거릿은 로스앤젤레스의 체비엇 힐즈에 고양이 스물두 마리와 함께 살림을 차려 50년이 넘도록 함께 살았다.

『화씨 451』의 작가에게 고양이는 그저 사랑스러운 동물이 아니라 창작에 없어서는 안 되는 요소였다. 그는 1992년에 발표한 『글쓰기 기술의 선^{Zen in the Art of Writing}』에 이렇게 썼다.

글을 잘 쓰는 가장 아주 중요한 비결이 그것이다. 아이디어를 고양이처럼 대하기, 즉 고양이들이 나를 따르게 만드는 것이다.

브래드버리의 집에 살던 잭, 윈윈, 딩고, 디치는 대부분 겁이 많아서 대개는 사람 곁에 있으려고 하지 않았다. 그러나 브래드버리가 글을 쓰려고 책과 장난감, 잡동사니로 가득한 지하 작업실로 내려갈 때면 한 마리는 꼭 뒤를 따라왔다.

내가 가장 좋아하는 녀석은 문진 고양이예요. 내가 글을 쓰는 동안 책상에 앉아 있어 주는 고양이 말이죠.

레이먼드 챈들러

Raymond Chandler

우리는 고양이와 함께 글을 씁니다

『빅 슬립』, 『기나긴 이별』을 쓴 챈들러는 친구와 동료, 가족에게 수백 통의 편지를 쓴 '서간문 작가'이기도 했으며, 특히 고양이에 관해서 할 말이 끝이 없었다. 1945년 문학 비평가 제임스 샌도[James Sandoe]에게 보내는 편지에서 20년간 한 가족으로 살아온 고양이 타키(사진)를 이렇게 소개하고 있다.

이쯤에서 나의 비서를 소개해야겠군요. 열네 살 된 검은색 페르시아고양이입니다. 이 녀석이 비서인 이유는 내가 글을 쓰기 시작한 이래 늘 곁을 지켜주었기 때문입니다. 주로는 내가 써야 하는 종이, 또는 내가 고쳐야 하는 원고에 앉아 있고요, 때로는 타자기를 딛고 뛰어오르고요, 때로는 책상 한구석에 앉아서 조용히 창밖을 응시하는데 "너, 고작 그 따위 일로 내 시간을 허비하다니 말이야"라고 말하는 것만 같습니다. 이 암컷 고양이의 이름은 '타키'입니다(원래는 타케[Take]인데, 이 이름이 일본어로 '대나무'를 의미하며 '테이크'가 아니라 '타케'라고 발음해야 한다는 사실을 사람들에게 설명하는 게 너무 귀찮아서 이렇게 부릅니다). 이 아이는 기억력이 어떤 코끼리보다도 좋은 것 같습니다. 평소에는 예의 바르게 거리를 지키지만, 어떤 때는 한 번에 10분씩 자기주장을 펼치고 반론을 내놓습니다. 내가 타키의 말을 알아들을 수 있다면 얼마나 좋을까요. 하지만 종합해보면 결국 "넌 이보다 더 잘할 수 있어!"라는 격려의 말을 매우 빈정거리며 전하는 게 분명합니다. 나는 평생 고양이를 사랑한 사람이지만(그렇다고 개를 싫어하는 것은 절대 아니지만, 개는 함께 놀아줘야 하는

무거운 임무를 감당해야 합니다) 단 한순간도 고양이를 이해할 수는 없었던 듯합니다. 타키는 아주 자신만만한 고양이로서 누가 고양이를 좋아하는지 알아보고 다른 인간은 거들떠보지도 않습니다. 아무리 뒤늦게 오는 사람이라도, 생판 모르는 사람이라도 고양이를 정말 사랑하는 사람은 딱 알아보고 그에게 똑바로 걸어간답니다.

그 후, 또 샌도에게 쓰기를 "타키는 긍정적인 의미에서 독재자이며 게으른데" 물론 그마저도 사랑스럽다. 챈들러는 타키의 이름으로 친구들의 고양이 앞으로 편지를 쓰기도 했다. 1951년에 타키가 세상을 떠난 뒤 챈들러는 새 고양이를 데려왔다. 그리고 전 '비서'와 닮은 이 수컷 고양이에게도 '타키'라는 이름을 붙였다.

사라 존스

Sarah Jones

존스는 토니상을 수상한 극작가, 배우, TED 강연자이며 자신의 슬램 「당신의 혁명Your Revolution」에 대한 검열을 둘러싸고 미 연방통신위원회와 법정 투쟁을 벌인 시인, 인도주의 활동가이다.

나와의 인터뷰에서 밝히길 본인 이름을 내건 1인 쇼를 진행하느라 정신없이 바쁜 가운데에도 열네 살짜리 고양이 말리(사진)와 함께 시간을 보내는 일은 소홀히 하지 않는다.

처음엔 내 손바닥만 하던 말리가 이제 열네 살이나 되었네요. 난 어렸을 때부터 강아지, 고양이와 함께 자랐습니다. 다 보호소에서 데려온 아이들이었죠. 그러다 2003년에 반려동물 가게를 지나가는데 유리창 저쪽에 막 태어난 히말라얀 고양이들이 보이는 거예요. 나는 가게로 들어갈 수밖에 없었어요. 누가 안 그럴 수 있었겠어요. 그곳에선 내가 한 번도 경험한 적 없는 귀여움이 마구 폭발하고 있었습니다. 아이들은 부모를 조르고, 두 커플과 한 남자가 서로 자기가 가지겠다고 우기고 말이에요. 그런데 그 난리 통 속에서 말리가 나에게로 와서 팔을 기어오르기 시작했어요(그걸 '기어

오른다'고 표현할 수 있을지 모르겠네요. 자기 몸을 앞으로 휙휙 던지는 쪽에 가까웠죠. 조그만 털쟁이가 어찌나 귀엽게 애를 쓰는지 말문이 막힐 정도로 사랑스러웠어요). 그렇게 내 팔을 올라와서 어깨에 포근하게 자리를 잡더니 귀에 대고 갸릉갸릉 거리더라고요. 그때 내가 할 수 있는 일은 신용카드를 꺼내서 대금을 지불하는 것뿐이었죠. 어서 이 녀석을 집에 데려가야겠다는 생각밖에 없었어요. 물론 동물을 사는 일에는

우리는 고양이와 함께 글을 씁니다   사라 존스

죄책감이 들었습니다. 세상에 도움이 절실한 동물이 너무나도 많은 상황에서 그런 시스템을 용인해서는 안 되니까요. 나는 그런 생각을 애써 피하려고 했지만 "내가 이래도 되는 걸까?" 하는 질문이 며칠이나 머릿속을 떠나지 않았습니다. 그러다 의외의 곳에서 답이 나왔어요. 말리를 동물병원에 데려가서 검진을 받았는데, 수의사 말이 선천적으로 심장에 큰 문제가 있다는 것이었습니다(번식 산업 때문에 히말라얀 종에게 많이 나타나는 문제라고 합니다). 나와 함께 집에 오지 않았다면, 혹은 누군가가 곧 데려가지 않았다면 말리는 아마 곧 죽었을 거예요. 그래서 나는 말리가 내가 가장 비싸게 구조한 동물이라고 여기게 되었습니다. 물론 그 돈을 쓰기를 정말 잘했고요.

스티븐 킹
Stephen King

    호러 소설의 대가 킹은 가족이 키우는 동물을 비롯한 여러 동물에 관한 무서운 이야기도 썼다.

    『쿠조^{Cujo}』는 착하고 명랑했던 개가 광견병에 걸린 뒤 가족까지 위협하게 되는 이야기이다. 『애완동물 공동묘지』에서는 죽었던 고양이가 다시 살아나는데 뭔가…… 이상하다. 킹은 그의 가족이었던 스머키라는 고양이가 차에 치여 죽은 뒤에 벌어진 실제 사건에서 어느 정도 영감을 받아 이 이야기를 썼다. 스머키는 킹의 집 뒤편 숲속에 있는 반려동물 공동묘지에 묻혔고, 킹은 가끔 이 숲에 들어가 글을 썼다고 한다.

    킹이 각본을 담당한 영화 〈슬립워커스^{Sleepwalkers}〉는 반인-반묘가 주인공이다. 1985년 영화 〈캣츠아이^{Cat's eye}〉는 단편 「금연 주식회사^{Quitters, Inc.}」와 「창턱^{The Ledge}」을 원작으로 하고 킹 본인이 각본을 쓴 3부작으로, 신비로운 고양이가 극 전체의 주인공이다. 「지옥에서 온 고양이^{The Cat from Hell}」는 어떤 고양이를 제거해야 하는 살인청부업자의 이야기이다.

    하지만 킹의 실제 집에 사는 고양이들은 오래오래 행복하게 산다. 현재 그는 "아무래도 제정신이 아닌 듯한 샴고양이" 페어 등 여러 고양이와 함께 살고 있다.

실비아 플라스
Sylvia Plath

플라스는 비통한 내면세계와 순탄치 않은 인간관계, 그리고 20세기 중반에 여성이 겪어야 했던 고충을 탐사한 작가이다. 그런 여정의 결과물이 플라스 특유의 자전소설과 고백적인 시들이다.

그의 가장 유명한 시이자 여러 시선집에 수록된「아빠 Daddy」의 '대디'는 어릴 적 키우던 고양이의 이름이라고 한다. 1954년 하버드 서머스쿨에 다니던 시절, 플라스는 매사추세츠 애비뉴 1572번지 아파트 4동에서 낸시 헌터스타이너와 함께 살면서 고양이를 한 마리 키웠는데, "움직임이 우아한 고양이라서" 러시아 무용수 니진스키의 이름을 붙였다. 플라스의 시「엘라 메이슨의 열한 마리 고양이」는 얼굴이 붉은 독신녀 캣 레이디에 관한 이야기이다.

노처녀 엘라 메이슨은 고양이를 키웁니다.
마지막으로 셌을 때가 열한 마리.
서머싯 테라스 근처의 쓰러져가는 집에 살면서.
사람들은 궁금해합니다.
이 동네에 고양이 소굴이 있는 게 사실이냐고.

"그렇게 많은 고양이를 데리고 사는 여자라면
머리가 이상한 게 틀림없다"면서.

플라스는 '호기심 많은 프랑스 고양이'라는 제목의 멋진
드로잉 작품도 남겼다.

우리는 고양이와 함께 글을 씁니다 트루먼 카포티

트루먼 카포티

Truman Capote

카포티가 1958년에 쓴 중편소설 『티파니에서 아침을』 은 시골에서 뉴욕으로 상경한 젊은 여성이 카페 사교계의 총 아가 되는 이야기이다. 주인공 홀리 고라이틀리는 이렇게 한 탄한다.

현실 세계에서 티파니 같은 장소를 찾아낼 수만 있다면 집에 가구도 놓고 고양이에게 이름도 붙여줄 텐데.

1961년 오드리 헵번이 주연한 영화에서 그 무명의 고양 이는 유명한 고양이 배우인 오렌지색 태비 고양이 오렌지가 연기했다.

카포티가 1966년에 실화를 바탕으로 쓴 범죄소설 『인 콜드 블러드』에서도 고양이들이 여러 차례 등장하여 전과자 리처드 딕 히콕과 페리 스미스의 교활함을 암시하는 역할을 한다.

어슐러 K. 르귄
Ursula K. Le Guin

소설가이자 시인, 에세이스트인 르귄은 사회학, 인류학, 도교의 화두를 문학에 끌어오고 자연의 풍광과 섭리에서 영감을 받아 장르 소설을 썼다.

1970년에 오리건주 동부의 사막을 여행한 뒤에는 소설 『아투안의 무덤』을 썼다. 1985년에 쓴 페미니즘 SF 작품 『늘 집으로 돌아가는 길Always Coming Home』은 마치 인류학자의 현장 수첩을 그대로 옮긴 듯한 느낌을 준다.

르귄의 고양이들 역시 자연과 강력하게 연결된 모습을 보여주었다. 처음에 기르던 태비 고양이 로렌조(사진, 애칭 본조)는 용기 여사님Mother Courage이라는 이름의 작은 고양이에게서 태어났다. 르귄은 나에게 이렇게 말했다.

낡은 목장에서 살던 야생 고양이였어요. 아마 과거에는 더 자랑스러운 삶을 살았을걸요. 용기 여사님이 넓은 땅에서 낳아 기른 새끼들은 하나같이 씩씩하고 점잖고 똑똑하고 영리하고 용감한 사냥꾼들이었고 사랑 많은 친구들이었습니다. 본조는 내가 키운 가장 대단한 고양이예요.

본조는 아침 식사 시간에 대해서는 조금도 자비를 베풀지 않았다.

내가 늦잠을 자면 살금살금 내 얼굴 쪽으로 올라왔어요. 눈을 뜨면 코앞에 녀석의 커다란 황금빛 눈동자가 있었죠. 너무나 멋진 알람 시계였죠.

나와의 인터뷰 당시 르귄은 파드너Pardner, 줄여서 파드Pard라고 부르는 고양이와 동거 중이었다. 작가는 파드의 자서전 『난 지금까지 이렇게 살았다My Life So Far』까지 집필했다.

틈만 나면 내가 글을 쓰는 책상 컴퓨터 옆에서 잠을 자는 고양이랍니다. 내가 편지나 소설 등을 쓰는 데 지나치게 감정적으로 몰두하고 있으면 뭔가 낌새를 눈치채고는 곁에 와서 마우스에 앉아버려요. 그리고 갸릉갸릉 울죠. 한번 마우스에 고양이를 앉혀두고 글을 써보세요.

고양이를 좋아하는 이유를 묻자 르귄은 이렇게 대답했다.

고양이는 귀엽고 웃기고 당당하고 신비스러우니까요.

작가와 고양이가 유독 특별한 관계를 맺는 것 같은 현상에 대해서는 어떻게 생각하느냐고 묻자 이렇게 농담했다.

강아지는 꼭 산책을 시켜줘야 하니까?

젤다 피츠제럴드

Zelda Fitzgerald

젤다 피츠제럴드는 소설가이자 사교계 인사로, 그의 유명한 남편 스콧은 젤다를 재즈 시대 미국의 새로운 여성상인 '플래퍼flapper'의 시초라고 말했다.

젤다가 고양이를 품에 안고 있는 다음 사진은 1932년에 장편소설『왈츠는 나와 함께Save Me the Waltz』를 발표한 뒤 홍보용으로 촬영한 사진이다.

젤다의 고양이에 관해 알려진 이야기는 대부분 여행 중인 남편 스콧에게 보낸 개인적이고 사색적인 편지에 쓰였던 것이다. 두 사람은 델라웨어주 윌밍턴 근처에 엘러슬리라는 그리스 양식 저택에 살았고, 앨라배마주 몽고메리의 819 펠더 애비뉴에도 집을 한 채 두었다.

피츠제럴드 부부의 집에는 샤, 흰색 페르시아고양이 쇼팽, "아름답고 자신만만하고 제멋대로이며 수염이 늦백합처럼 무성한 작은 고양이" 등 여러 고양이가 살았다. 그는 집에 놀러 오는 고양이들에 대해서도 시적이고 유머 넘치는 글을 많이 남겼다.

고양이보다 아름다운 친구는 없다.

작가이자 사진가인 친구 칼 반 벡턴Carl Van Vechten에게 보낸 편지에서 젤다는 고양이다움의 정수를 이렇게 포착했다.

근처 우리pound에서 발견한 고양이는 얼룩이 약간 있지만 대체로 하얗고 수염이 길어. 지금은 병에 걸렸지만. 이름을 에즈라 파운드Ezra Pound[38]라고 붙였지. 또 한 녀석 이름은 부야베스Bouillabaisse 아니면 머디 워터스Muddy Waters 아니면 제리인데, 어떻게 불러도 대답하지 않으니까 이름 따윈 상관없어.

[38] ··· 미국의 시인이자 문예비평가.

우리는 고양이와 함께 글을 씁니다

일을 시작하고 싶은데 책상 위에 냥코 선생이 눌러앉아 있다. 비키라고 아무리 밀어도 마치 자석에 빨려드는 머리핀처럼 정 위치로 재빨리 돌아와 태연히 다시 앉는다. 여기가 부뚜막인 줄 아나?

– 아사오 하루밍, 『3시의 나』 중에서

도짱이 먹을 밥과 마실 물을 준비하고 있다. 도짱은 밥을 주면 바로 먹지 않고 한참 동안 가랑이 사이를 핥으면서 관심 없는 척하다가, 내가 그 자리를 떠나면 어슬렁어슬렁 걸어와서 어쩔 수 없이 먹어준다는 태도로 식사를 하기 시작한다. 그런 의식을 끼니마다 반드시 지키는 성실한 고양이다.

– 아사오 하루밍, 『3시의 나』 중에서

트위터를 보고 있다. 눈은 컴퓨터, 손은 마우스, 무릎은 고양이에게 지배당한 오후 3시.

                                                 - 아사오 하루밍, 『3시의 나』 중에서

벽장 속에서 홀로 잠든 냥코 선생을 만지작거린다. 오늘은
하루 종일 아무하고도 이야기하지 않았다.

- 아사오 하루밍, 『3시의 나』 중에서

몸을 웅크린 채 잠이 든 냥코 선생을 바라본다. 고양이의 몸은 때론 길어 보였다가, 딱딱해 보였다가, 동그랗게 부풀 때도 있고, 가늘어졌다가 납작해지기도 한다. 고양이는 흐물흐물 변화가 심해서 어느 쪽이 진짜 모양인지 알 수가 없다. 뱃가죽을 꽉 잡으면 놀라우리만치 늘어나기도 한다. 털가죽 안에 누가 들어 있나?

– 아사오 하루밍, 『3시의 나』 중에서

U커피. 아저씨 7명이 고양이 이야기로 한창 열을 올리고 있다. 자기가 고양이한테 얼마나 사랑받는지 서로 자랑하고 싶은 모양이다. "걔는 고등어만 먹어. 다른 건 입에도 안 대고 말이야." "얼마나 높은 사람 행세를 하는지. 내가 자기 하인인 줄 아나 봐." "하루 종일 나한테 안 올 때도 있어." "내가 집에 안 가면 무슨 일 있나 싶어서 밤새도록 잠을 안 자." 아저씨들이 가장 자랑스럽게 여기는 것은 귀가하면 고양이가 자기를 기다린다는 점인 듯했다. 다들 그 이야기만 한다. 나는 이런 이야기를 하는 아저씨가 좋다.

– 아사오 하루밍, 『3시의 나』 중에서

고양이에게 밥을 주고 있다. 고양이는 스스로 밥을 챙기지 못하니 내가 매일 그릇에 넣어줘야 한다. 언제까지나 건강하게 오래오래 살아라. 누군가가 불쌍해서 뭔가 도와줄 일 없을까 생각하고 있는데, 그 상대가 뜻밖에도 자기는 행복하다고 하니 '어? 그런 처지인데 왜 불행하지 않지?'라는 생각에 의아했던 적이 있나요? 사람들이 나에 대해 그렇게 느끼는 모양이다. 그러니 나도 타인을 돕는다고 설레발치거나 괜히 선심 쓰는 등 주제넘은 짓을 하지 않도록 조심해야겠다.

– 아사오 하루밍, 『3시의 나』 중에서

고양이 귀 안을 들여다보고 있다. 안쪽이 복잡하다. '인생 게임'이라는 보드게임의 차에 꽂는 가족처럼 생긴, 이 끝이 뭉툭한 돌기 같은 것은 무슨 용도일까? 이게 없으면 다르게 들리나? 고양이는 귀를 만지작거려도 싫어하지 않는다. 뒤집어도 가만히 있는데다 오히려 황홀해하는 것 같다.

– 아사오 하루밍, 『3시의 나』 중에서

고양이 분양받을 사람을 찾고 있는 지인이 있다. 내가 대신 트위터에 올려본다. 여태까지의 내 경험으로 보면, 분양받을 사람을 찾는 주인 밑에 태어난 고양이는 앞으로도 줄곧 행복하게 살 운명이다. 만약 분양받을 사람을 찾지 못한다 해도 결국 지금 주인이 키워줄 테니까.

– 아사오 하루밍, 『3시의 나』 중에서

어느 골목에서 우연히 만난 수수께끼의 고양이 신사가 알려주었다. "도쿄대 캠퍼스 안에 고양이가 있어요." 하지만 없었다. 인터넷 고양이 정보 사이트에서 산시로 연못 부근에 있다는 글을 읽었기에 한번 가보았으나 고양이는 좀처럼 눈에 띄지 않았다. 검은 정장 차림의 성실해 보이는 여자가 바위 위에 홀로 앉아 도시락 먹는 걸 본 게 다였다. '산시로' 하면 나쓰메 소세키이고, '나쓰메 소세키' 하면 데이코쿠 대학이다. 게다가 『나는 고양이로소이다』라고 선언한 바 있고, 아드님은 『고양이의 무덤』이라는 수필까지 썼다. 왠지 나쓰메 소세키의 영혼이 가까이 있는 듯한 느낌이다.

– 아사오 하루밍, 『고양이 눈으로 산책』 중에서

사람은 한 꺼풀씩 벗겨지면서 어른이 되는데, 길은 새 껍질이 한 겹씩 쌓이면서 자라는구나. 뭐든 새로워지고 균일해지는 건 싫지만, 그 움직임마저 멈추면 이제 끝이라는 생각도 들었다. 건축물도 나도 고양이도 땅 위에 놓여 있다. 그러다 언젠가 저세상으로 간다. 내가 살았던 장소에 또 다른 사람이 살기 시작한다. 마을의 고양이는 좀더 빠른 속도로 교체된다. 그런 생각이 들긴 해도 실감은 나지 않았는데, 최근에 받은 건강진단 항목을 보고 있으니 서서히 느껴지는 것이 있었다.

– 아사오 하루밍, 『고양이 눈으로 산책』 중에서

고양이는 기분이 좋아지는 장소를 잘 안다고 들었는데, 정말 그런지도 모르겠다. 여기에 고양이가 있다고 생각하면 기온이 2~3도쯤 상승하는 것 같다. 처음에는 험악한 분위기를 자아내는 울타리 샛길이었는데, 지금은 따뜻한 카펫이 기다랗게 깔려 있는 길로 보인다.

– 아사오 하루밍, 『나는 고양이 스토커』 중에서

고양이는 자기가 세계를 지배하는 지구상에서 가장 대단한 생물이라고 생각한다. 인간이 고양이를 기르다니, 당치도 않은 말이다! 고양이는 인간을 위해 길러지는 척하고 있을 뿐이다.

– 아사오 하루밍, 『나는 고양이 스토커』 중에서

고양이는 굳이 말을 하지 않아도 그저 그 자리에 존재하기만
해도 원하는 것을 얻을 수 있는 마법의 생물이다. 고양이에
게 매료된 인간은 고양이 울음소리나 몸짓 하나하나에 의미
를 부여하며 일희일비한다. "야옹" 하고 한 번 울기만 해도,
밖에 나가고 싶어? 목말라? 하면서 필요한 것을 미리 앞서서
충족해주고, 고양이와 마음이 통했다며 만족스러워한다. 말
이 아닌 다른 수단을 통해 받아들인 의미는 마음의 어느 부
위에 새겨지는 걸까? 그걸 알아야겠기에 나는 오늘도 고양
이를 가만히 바라본다.

　　　　　　　　　　– 아사오 하루밍, 『나는 고양이 스토커』 중에서

토실토실 살찐 고양이가 편안히 엎드려 자는 모습을 보면 나는 무척 안심이 된다. 여기서 '안심'이란 내가 이 게으른 고양이를 행복하게 해주고 있다는, 위에서 내려다보는 입장에서 느끼는 안심이 아니다. 오히려 내가 고양이에게 지켜지고 있다는 안도감, 그 푸짐한 고양이 배의 탐스럽고 부드러운 털 속에 들어가 잠을 자고 피를 빨고 이리저리 뛰어다니는 벼룩이 된 나를 상상하면서 느끼는 안도감이다.

– 아사오 하루밍, 『나는 고양이 스토커』 중에서

참고문헌

아사오 하루밍, 『3시의 나』, 북노마드

아사오 하루밍, 『고양이 눈으로 산책』, 북노마드

아사오 하루밍, 『나는 고양이 스토커』, 북노마드

우리는 고양이와 함께 글을 씁니다

– 헤밍웨이에서 하루키까지, 작가는 왜 고양이를 사랑하는가

초판 1쇄 인쇄 2022년 6월 27일
초판 1쇄 발행 2022년 7월 15일

지은이 앨리슨 나스타시
옮긴이 오윤성
펴낸이 정상우
편집 박기효 유나
디자인 위앤드(정승현)
관리 남영애 김명희

펴낸곳 오픈하우스
출판등록 2007년 11월 29일(제13-237호)
주소 서울특별시 은평구 증산로9길 32(03496)
전화 02-333-3705
팩스 02-333-3745
홈페이지 www.openhousebooks.com
페이스북 facebook.com/openhouse.kr

ISBN 979-11-92385-06-8 03840